西の魔王
ベルナカン
ゾワリとドロシーに走る悪寒。
どうやら、ドロシーのことは
眼中にないらしい。
本当に
目に映っていないのかと
勘違いしてしまうほど。
魔王
レ　の上を
歩
ゆ　を詰める。

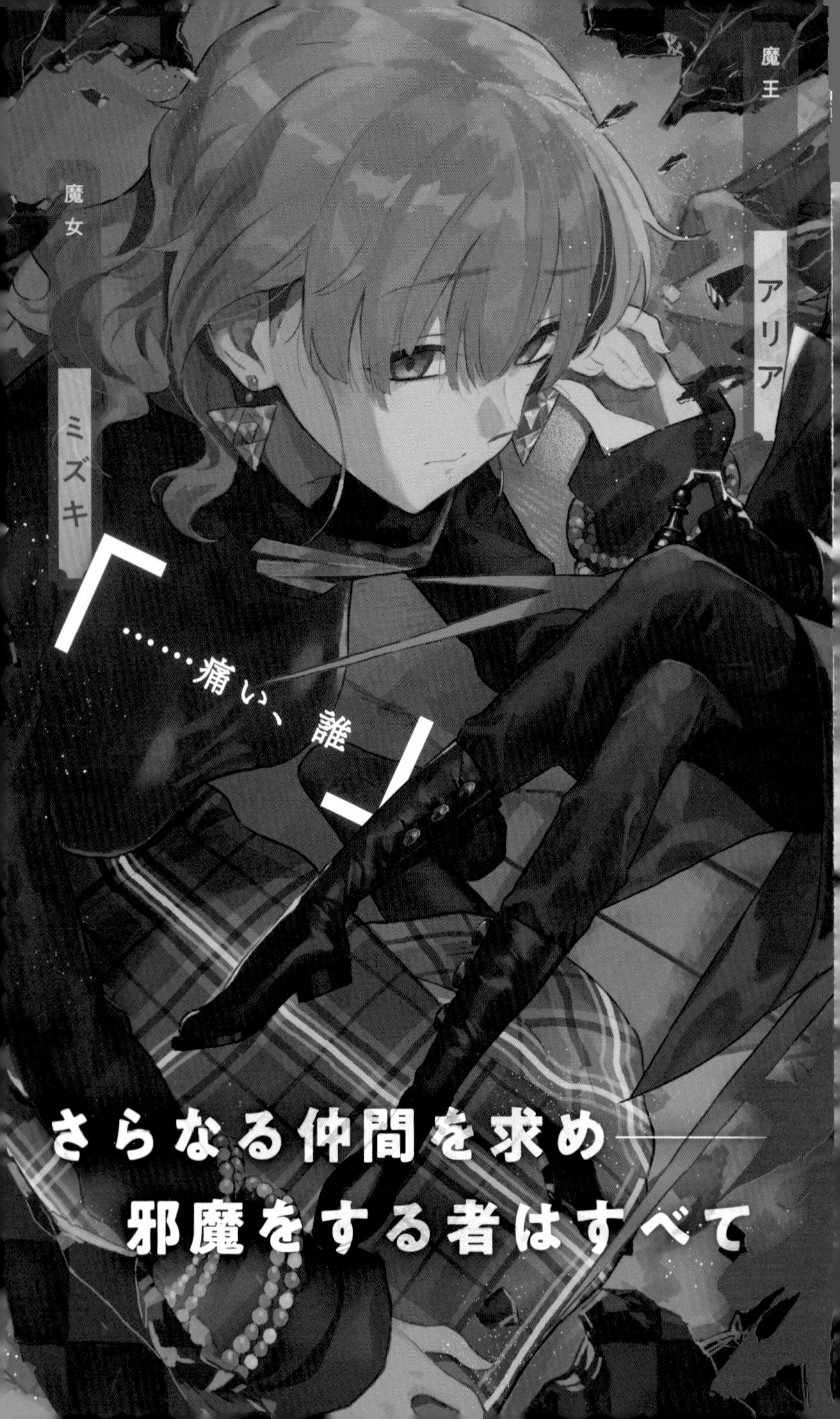
魔王
アリア
魔女
ミズキ
「……痛い、誰」
さらなる仲間を求め——
邪魔をする者はすべて

はにゅう

ILLUSTRATION shri

Cheat skill “shisha sosei” ga kakusei shite
inishieno maougun wo
fukkatsu sasete shimaimashita

チートスキル『死者蘇生』が覚醒して、いにしえの魔王軍を復活させてしまいました 2

～誰も死なせない最強ヒーラー～

一迅社ノベルス

Characters

▼リヒト
［種族：人間］

▼アリア
［種族：？？？］

▼フェイリス
［種族：亜人］

▼ロゼ
［種族：ヴァンパイア］

▼ティセ
［種族：ハイエルフ］

リヒト
元S級冒険者。死んだ人間を蘇らせる特殊スキル『死者蘇生』をもつ。その力を恐れた国王の命令で、仲間に裏切られて処刑されるも自身のスキルで蘇る。人間たちに復讐を誓うと、古きダンジョンに眠る魔王軍を蘇らせる。

アリア
伝説の魔王。ディストピアのマスターとして、百年前まで君臨していた。一定の範囲にいる生物の動きをスローモーションにできる。

フェイリス
ディストピアのマスコット的存在。自分を殺した相手を、全く同じ殺し方で道連れにする。リヒトが加入してからはペアを組んで前線に出ることも。

ロゼ
アリアに忠誠を誓う従順な下僕。ディストピア随一の働き者で、よく魔王軍の特攻役を担っている。

ティセ
落ち着いていて妹思いな、ディストピアのお姉さん的存在。ステータスダウンの効果を持った精霊を使役している。

▼イリス
［種族：ハイエルフ］

姉ティセのことが大好きで、いつもそばにいる。状態異常の効果を持った妖精を使役している。

▼ドロシー
［種族：人間］

伝説のネクロマンサー。常人ではありえない千を超える死者を操ることができる。

▼ベルン
［種族：妖狐］

ラトタ国の女王。人間に擬態して国を統治していたが、アリアに正体を見破られる。

Words

ディストピア

人間界と魔界の境界線にあるダンジョン。かつては「冒険者殺し」という異名を取ったが、アリアたちが死んでからは廃れ、人々から忘れられたダンジョンとなっていた。

レサーガ国

リヒトの故郷であり、彼を追放した国。ディストピアの存在をいち早く察知し、様々な対策を講じている。

ラトタ国

レサーガ国の隣国。ベルンが女王として君臨しているが、国民の大半は人間である。女王が妖狐だということは誰も知らない。

CONTENS

プロローグ

ベルンの依頼

魔王アリアが所有するダンジョン――ディストピア。

人間ながらもそこに身を置いているリヒトは、今日も今日とて変わらない日々を過ごしていた。

リヒトのスキル《死者蘇生《ししゃそせい》》で魔王軍を復活させてから数か月。

色々なことがあったが、人間界から追い出される前に比べるとやはり幸せなのかもしれない。

元仲間に裏切られた過去の傷も塞《ふさ》がりつつある。

人間界では忌避された《死者蘇生》のスキルも、ここなら受け入れてくれる。

そう考えると、ディストピアはとても良い環境と言えた。

……仕事が多すぎることに目をつぶれば、だが。

「リヒトさん、お仕事なの」

「……うん」

「なんで落ち込んでるなの？」

「どうしたのじゃ？　何か悩みでもあるのか？」

いつも通りリヒトへと回されてくる仕事。

新しく任されたそれに、リヒトは残念そうな顔をしていた。

リヒトの体に疲れが残りまくっていることを知らないアリアとフェイリスは、いつもと違う反応に心配の声を寄せている。

首を傾《かし》げることによって――フェイリスは水色の髪を、アリアは紫色の髪を揺らす。

もう少し粘れば、今回は見逃《みのが》してもらえるかもというほどだ。

人間の肉体が耐えられる負担を知らないからこその反応だと言えるかもしれない。

「いや大丈夫。それより、仕事って何なんだ？」

しかし、必要以上に二人を心配させるわけにはいかない。

それに。

この程度で疲れたと言っていると、ロゼに笑われてしまうだろう。

あと一息と自分に言い聞かせて、リヒトは話を進めた。

「あぁ。実はラトタ国にベルンの命を狙《ねら》っている者がいるらしいのじゃ。単刀直入《たんとうちょくにゅう》に言うと、ベルンが護衛を欲しいと言っておる」

「……？　それって、俺じゃなくてもベルンの配下に任せたら良いんじゃないのか？」

「そうなのじゃが、ベルンは配下のことを全く信用しておらんらしい。敵が腕利きの暗殺者となるとなおさらじゃな。背後には巨大な暗殺者ギルドもあるというし」

やれやれ――と、アリアは呆《あき》れたように首を振る。

ラトタ国とはリヒトの祖国の隣に位置する国。

そのラトタ国を統治する女王がベルンだ。

アリアがかつて安全を保障するという条件で下僕にした存在であり、遂にその約束を果たす時

がきた。

本来なら、そのようなことに時間を使いたくないようだが、約束は約束であり魔王のプライドにかけて断ることはできなかったらしい。

リヒトからしてみれば、もしベルンが死んだとしても蘇生《そせい》させることができるため、かなり難易度の低いミッションだ。

背後にある巨大な暗殺者ギルドという存在も気になったが、一度暗殺に失敗してしまえば当分は大人《おとな》しくなるだろう。

「まぁ、ただでさえ人間界は混乱しておるタイミングで、暗殺者に狙われるベルンはかわいそうじゃと思うがな。警備も手薄になっておるじゃろうし」

「……でも魔王様。そのベルンって人が死んだタイミングで、リヒトさんが向かったんじゃダメなの?」

「それは絶対にダメじゃ、フェイリス。ただでさえ人間界は混乱しておるのに、女王が殺されたとなっては国が崩壊してしまう。さらにそれで生き返ったとなったら、人間たちにベルンの正体もバレてしまうじゃろう」

フェイリスの疑問に、アリアはもっともな答えを返す。

ここで問題になったのは、ベルンの正体を人間たちに知られてはいけないということ。

妖狐《ようこ》。

それがベルンの正体だ。

今回の任務は、ただベルンを守るだけではない。

ベルンの立場も守らなくてはならなかった。

つまり、ベルンが殺されるところを見られてはならないのだ。

殺されたはずの女王が生き返ったとしたら、その場は凌《しの》げたとしても間違いなく何かしらの疑いの目が向けられるだろう。

そうなると、ベルンが人間でないことが明るみに出るのは時間の問題である。

妖狐が女王の座にいることがバレたら、国外追放などという甘い処罰で済むわけがない。

最悪の場合、国民の前で断頭台に立つことまで予想された。

その後に生き返らせることまでならリヒトにも可能だが、流石《さすが》にそんな思いをさせるのはかわいそうだ。

リヒトとしても、ベルンが無事なままでこの件は終わってほしい。

「というわけで、この任務はリヒトにしか頼めないのじゃ。引き受けてくれるか？」

「頑張るよ」

「流石リヒトじゃ！　そう言うと思っておったぞ！」

リヒトの返事に、素直に喜ぶアリア。

依頼を受ける側からしたら、変に気取った態度をされるよりかも、このように喜んでくれた方がやる気も出る。

きっとベルンも同じような反応をするだろう。

「――言うのを忘れておったが、ベルンの友人として城に招かれる設定じゃ。周囲の人間に気付かれるようなことはするでないぞ」

「気を付けるよ」

「ちなみにこれが儂《わし》の衣装じゃ！　なかなか似合いそうじゃろ！」

「いや、アリアも付いてくるのか⁉」

アリアは大きなクローゼットの中から、どこで手に入れたのか分からない服を見せつける。

それはドレスというよりかはまるで軍服のような――。

……何となくだが入手経路を察せた気がする。

よく見るとちょっとだけ血がついていた。

しかし、これなら人間界にいても不審がられることはないかもしれない。

いつもの鎧《よろい》のような戦闘服よりかは幾分もマシだ。

「意外と乗り気なんだな」

「意外と乗り気なの」

「うるさいのじゃ」

こうしてリヒトは。

アリアと共に、ラトタ国へと招かれることになった。

第一章　護衛任務

「ベルン様！　昼食をお持ちしました！」

「ありがとう、アンナ。そこに置いといて」

「はい！」

疲れた表情を見せるベルンの指示によって、アンナは持っている昼食を机の上に置いた。

今のベルンは、どれだけ美味《おい》しそうな料理でも全く興味を示すことはない。

その理由は、当然アンナも分かっている。

だからこそ、ベルンを元気づけるために明るく接していた。

「ベルン様……元気を出してください。警備の人もいますし、きっと大丈夫です！」

「……そうね」

アンナの励ましをベルンは適当に返す。

何を言われたとしても、警備を信用しろというのは無理な話だ。

あれほど貧弱な存在に、命を預けることなどできない。

今はアリアの助けを待ち続けるだけである。

「アンナ。近いうちに、私の友人が遊びに来ると思うの。少し変な人かもしれないけど、気にし

ないであげてね」

「え!?　そうなんですか!?　それならおもてなしをする準備を――！」

「そ、その件なんだけど……ちょっと気難しい人だったりするから、あまり話しかけないであげた方がいいかも」

「な、なるほど……！　分かりました！」

ベルンの嘘《うそ》。

これは、下手《へた》にアンナを巻き込まないためだ。

アンナの性格なら、相手が魔王だと知らずに粗相をする可能性がある。

かと言って、魔王が来るとも言えないため、そのきっかけを潰《つぶ》すという判断をした。

これなら、アンナの身に危険が迫ることはないだろう。

「――ベルン様」

コンコン――と。

アンナが納得した様子を見せ、ベルンが胸を撫《な》で下ろした瞬間。

別のメイドの声が扉越しに聞こえてくる。

「ベルン様の友人と名乗る二名が、この城を訪ねてきました。どうなさいましょうか？　女の子と青年です」

「名前は？」

「アリア様とリヒト様です」

「――よし！　連れてきてちょうだい。私の友人だから、くれぐれも失礼のないようにね」

「かしこまりました」

また扉越しに、メイドの足音が耳に入る。

少し急ぎ足であり、ベルンの意を汲《く》み取ってくれているようだ。

アンナとは真逆で、とても気が利くメイドであった。

「アンナ。というわけで、友人が来るわ。さっき言ったこと忘れないでね」

「はい！」

「ありがとう、いい子いい子」

「えへへー」

ベルンは、いつものようにアンナの頭を優しく撫でる。

こうすることで、アンナの聞き分けが数段良くなることを知っていた。

今のベルンであれば、自由自在《じゆうじざい》に操れると言っても過言ではない。

「それじゃあまたね。上手《うま》くやってくれたら、後でご褒美をあげるから」

「本当ですか！　頑張ります！」

そう言って、アンナは上機嫌のまま部屋を出ていくことになる。

あと数分後には、アリアとリヒトが到着するはずだ。

二人が到着さえしてしまえば、ベルンを暗殺するというのは至難の業。

仮に殺されたとしても、死ぬことはない。


「おーい、来てやったぞ」

「あっ！　魔王様！　わざわざありがとうございます！」

予想していたよりも早く。

アリアとリヒトは、ベルンの元へ辿《たど》り着くことになる。

早めにアンナを部屋から出すという判断は、どうやら正解だったようだ。

女王が跪《ひざまず》く姿を、メイドに見せるわけにはいかない。

「さっき挙動不審なメイドを見たのじゃが、何かあったのか？　儂《わし》らを見るや否や、ずっと下を向いておったぞ」

「あ……いえ、気にしないでください」

ベルンはドキリと冷や汗を流す。

アンナには気難しい人間であると伝えたため、それが脅しとなってしまったらしい。

言い伝えを律儀《りちぎ》に守ろうとしたところも、それが空回りしてしまうところも、全《すべ》てがアンナらしい行動だった。

「まあ良い。それで、暗殺者というのは大丈夫なのか？　ここに長くいれるほど、儂らは暇ではないぞ？」

「……暇なくせに」

「リヒトは黙っておれ」

「いててて！」

ボソッと呟《つぶや》いたリヒトに、アリアはベルンに見えない角度で痛みを与える。

魔王たるもの、暇を持て余していると バレたら、配下に舐《な》められてしまうかもしれない。

そのプライドが、リヒトの腕の肉をつねる指に力を入れていた。

「そもそも、どうして暗殺者がいると知っておるのじゃ？　ターゲットに悟られるようでは、暗殺者としては失格じゃと思うがな」

「それは……占いです」

「……おいおい。それは信用できるんじゃろうな？　遊びに付き合うのはごめんじゃぞ？」

「い、いえっ、信じてください！　確かにこの目に映ったんです！　私の殺される未来が！」

やる気のなさそうなアリアに、ベルンは必死に訴えかける。

妖狐《ようこ》であるベルンは、自分の身に起こる危険を予知することが可能だ。

本当に命に関わるような出来事でないと予知することができないため、普段なら役に立たない能力であるが、実際に働いた時の恐怖感は桁《けた》違いだった。

ここでアリアたちに帰られてしまうと、絶望の中で過ごす生活が待っている。

この状況――すがりついてでも、止めなくてはならない。

「アリア。多分俺《おれ》は本当だと思うよ。冗談でこんなに必死になるとは思えないし。信じた方がいいんじゃないか？」

「……リヒトが言うなら仕方ないのじゃ。やるなら徹底的にやるぞ」

「あ、ありがとうございます！」

ベルンの感謝の気持ち。

人を化かす者として、信用された時の嬉《うれ》しさは計り知れなかった。

「それで、お主が殺されるというのはいつ頃《ごろ》なのじゃ？」

「それは……少なくとも三日以内に起こると思います。暗殺者の正体や数は分かりません」

「時間帯も分からぬのか？」

「はい……」

アリアは、面倒臭そうに用意された椅子《いす》へと座った。

時間帯が分からないということは、朝も昼も夜も警戒しなくてはならないということである。

アリアもリヒトも気が長い方ではないため、この任務はかなり精神力を削るものとなりそうだ。

「とにかく。お主が殺されても構わんが、殺されるところを見られてはならんのは分かっておるな？」

「それはもちろんです」

「つまり、お主はこの部屋に引きこもっておればいい。部屋に誰《だれ》も近付けさせないようにしておくのじゃぞ」

的確な指示に、ベルンは迷うことなく頷《うなず》いた。

この作戦は、ベルンも思い付いていたらしい。

何も良いアイデアが思い浮かばないリヒトは、話の邪魔にならないようにアリアの後ろで口を閉じている。

「しかし……国が混乱しているので、完全に外部との関わりを断つのは厳しいかもしれません……」

「それなら、部屋から指示を出せば良い。顔を合わせなければ問題はないからな。一人くらいは信用できる部下もいるじゃろ？」

「部下……はい。一人だけいます」

ベルンの頭にいたのは、いつも一緒にいるメイドであった。

外部との関わりを断つということは、アンナとも顔を合わせるわけにはいかない。

そう考えると、少しだけ寂しく感じてしまう。

(――って、何考えてるの。アンナを伝達役にするなら、普通に話すことはできるじゃない)

それでも、ベルンは自分の安全の方を優先したい。

アンナと会うことによって、アリアの作戦が水の泡になったら全てが終わる。

たかが人間一人のために、そこまでリスクを冒《おか》すほど愚かではなかった。

「決まりじゃな。これでベルンの正体がバレるということはなさそうじゃ」

それで――と、アリアは付け加える。

「もしベルンが死んでも、すぐ蘇生《そせい》できる位置にリヒトを置きたいのじゃが、我慢することはできるか？」

「……え？　いや、ちょっと待てアリア――」

「風呂《ふろ》場までとは言わんが、共に行動する時間はかなり多くなりそうじゃ」

「大丈夫です」

リヒトが話に加わる前に。

一瞬で話は決定してしまった。

ベルンがここまで抵抗する素振りを見せなかったのは、アリアにとっても予想外であるらしく、かなり驚いた顔を見せている。

「う、うむ。心配なさそうじゃな」

「はい。よろしくお願いします」

「…………よ、よろしくお願いします」

ベルンの丁寧なお辞儀を見てしまうと、リヒトに断るという選択肢は取れなかった。

これで断れるほど、リヒトのメンタルは強いわけではない。

気まずいというわがままだけで、この作戦を潰すわけにもいかないため、何も言わず受け止めることにした。

「じゃあ、儂は寝ておるから敵が来たら言ってくれ」

「分かったよ、アリア」

「あ、あれ……？　大丈夫なのでしょうか……？」

アリアは、ベルンのベッドの上にボフッと飛び乗る。

目をつぶれば、すぐにでも寝てしまいそうだ。

その様子を見て、ついつい不安な顔を浮かべるベルン。

ここまでくつろいでいると、そうなってしまうのも無理はなかった。

「何を言っておるのじゃ。こうなったら、その暗殺者というやつを待つだけじゃろ」

「……た、確かに」

冷静に考えると、こちら側がすることはかなり限られている。

待つだけと言っても過言ではない。

アリアからしたら、人間を逃がすことなど有り得ないため、襲撃中に眠っていたとしても十分

間に合う。

こうなると、ベルンから言うことは何もなかった。

「そ、それでは、リヒトさん。これからよろしくお願いします……」

「こ、こちらこそ」

こうして。

極秘の女王護衛任務は始まることになった。


「——というわけなの。だから、三日間は部屋に入ってこないでね。他《ほか》のメイドにも連絡しておいてちょうだい」

「か、かしこまりました……ですが、大丈夫なのでしょうか……？」

ベルンは、扉の隙間《すきま》からアンナに指示を出す。

これで部屋に入ってくる侍従はいないはずだ。

最後に見るアンナの顔がこの悲しそうな顔だと思うと残念だが、自分の命には代えられない。

十分ほどの説明で、アンナもようやく理解してくれた。

「心配しなくて大丈夫。もし何か問題が起きたら、扉越しに伝えてね。ここに来ることを許しているのは、アンナだけなんだなら」

「が、頑張ります！」

「フフ、信頼してるわ」

「………」

その二人のやり取りを聞いていたアリアとリヒトは、何とも言えない顔でお互いを見つめ合っていた。

ベルンが最《もっと》も信頼している人間と聞いていたため、アンナのようなタイプの侍従だとは思ってもいなかったらしい。

アリアとリヒトの頭の中にあったのは、クールで感情を表に出さない巨漢である。

つまり、アンナとは真逆の存在だ。

「お待たせしました。これで大丈夫だと思います」

「おいおい。あんな口の軽そうな小娘で大丈夫なのか？　何かドジを踏む未来しか見えんぞ……？」

「い、いえ。あの子はそういう風に見えるかもしれませんが、口はかなり堅いんです。これだけは自信を持って言えます」

「……それなら良いのじゃが」

真っ直《す》ぐな瞳《め》で答えたベルンに、アリアは大人《おとな》しく引き下がった。

ベルンがここまで信頼しているのなら、わざわざアリアが言うことは何もない。

忠誠心が低いというわけではなさそうなため、ギリギリセーフのラインだろう。

「でも、女王って案外融通が利くんだな。三日間も引きこもるって、なかなかできないと思うけど……それだけ信頼されてるってことか」

「まぁ、話ができなくなるというわけではないからな。変に詮索《せんさく》されんから、こちらとしてはかなり楽じゃ」

「恐らく、冒険者たちの混乱で手一杯なのでしょう。やっぱり人間は愚かです」

「違いないな」

人間たちの慌てぶりを、高みから笑う魔王と妖狐。

リヒトがこの輪の中に加わるのはまだまだ先になりそうだが、それでも人間たちに対する情は湧《わ》いてこなかった。

「それじゃあ、準備も終わったしどうする？」

「何かした方が良いですよね……？　トランプくらいならありますけど、すぐに飽きてしまうでしょうし」

「儂は寝ておるから、二人で自由にして良いぞ……ふぁう」

小さくあくびをしながらベッドに落ちるアリア。

リヒトが止めようとした頃には、もう夢の中にいる。

ここで無理やり起こすと、ほぼ確実にアリアの機嫌が悪くなるため、もう手をつけることが不可能だ。

残されたベルンとリヒトは、気まずそうに椅子へと腰掛けた。

「えっと、トランプ……しますか？」

「いや、ルールが分からないから……」

「あっ、すみません……」

……。

沈黙の時間。

この空気を払えるほど、リヒトにコミュニケーション能力があるわけではない。

ましてや、あまり話したことのない妖狐が相手である。

「あ、あの。リヒトさんの能力のことなんですけど……」

最初に沈黙を破ったのは、気遣いができるベルンの方だ。

話しかけたのはいいものの、聞いても良いことなのか不安そうな顔をしているベルンに、リヒトは目で話を続けるように促す。

「し、死者を生き返らせるなんて凄《すご》いですね！」

「あ、ありがとう……」

「それで……ですね。もし私が死んでしまった時に、蘇生できるタイムリミットのことを知っておきたいんですけど……」

ベルンが気になっていたのは、《死者蘇生《ししゃそせい》》のタイムリミットだった。

暗殺者がどのような手を使ってくるか分からないため、蘇生が遅れてしまう可能性も考えると、どうしても確認しておきたい情報である。

リヒトのことを信じていないわけではないが、慎重なベルンの性格がそう質問させていた。

「タイムリミットなんてないよ。少なくとも百年間は大丈夫」

「え？　そ、それなら使用制限は――」

「それも大丈夫。昔、ネズミで何回も実験したから」

アハハ――と、ベルンは笑うことしかできない。

これまでに自分がやってきた――敵から身を守る技が、全てお遊びのように感じてしまう。

それに加えて、自分自身も蘇生できてしまうとのこと。

特にデメリットも見当たらず、隙《すき》がない能力だ。

「で、では、遠距離からの蘇生は」

「それは多分無理かな。対象が死んだ場所にいないと蘇生はできないんだ」

「となると制限距離はどのくらいになるのでしょう」

「うーん、試したことがないから正確には分からないけど……」

では――。

ではでは――。

ではではでは――と。

ベルンの質問はずっと続いていく。

リヒトのスキルに興味が尽きないようだ。

自分を守ってくれる能力だからなのか。

それともただ単純にベルンの好奇心が強いだけなのか。

どちらなのかは分からないが、リヒトは質問に答え続ける。

そして、リヒトが時計の針を気にし始めた時だった。

「す、すみません……もうこんな時間ですね。話しすぎちゃいました」

「いやいや。俺も楽しかったから大丈夫」

ベルンは満足そうな顔で、ふうと息をつく。

リヒトも同じく疲れを吐き出すようにため息をついた。

そこで、少しベルンに変化が起きる。

「どうしたんだ？」

「あの……ですね。実はこの時間になると、いつもお風呂に入ってるんですけど……どうしましょうか」

急にモジモジとし始めたベルン。

どうやら、入浴のことで悩んでいるようだ。

風呂には入るな――と、リヒトに命じる権限はない。

そもそも、そういう回答は論外だ。

妖狐にとって、尻尾《しっぽ》のケアは命とも言える。

食事や睡眠と並ぶほど、生活の中では重要な行為だった。

「あー……アリアを起こすから、ちょっと待っててくれ」

リヒトは少し悩むと、眠っているアリアを起こすという決断に至る。

多少機嫌が悪くなったとしても、ベルンの羞恥《しゅうち》心を守る方が優先だ。

アリアと一緒であれば、少なくとも暗殺されるようなことはないだろう。

「……おーい、アリア――」

「――ガウ！」

「――あぶなっ!?」

リヒトがアリアに触れた瞬間。

反射ともいえるスピードで、指の隣に噛《か》み付いた。

あと数センチ横にあったとしたら、間違いなく食いちぎられている。

ヒヤリと頬《ほお》を伝う汗。

もし当たっていたと考えると、あるはずの指も強《こわ》ばって動かない。

魔王としての本能なのか。

これなら、寝込みを襲われたとしても安全だ。

「……なんじゃ、リヒトか」

アリアは、いつもと違ってパッチリと目を覚ましていた。

これまでなら、寝起きのアリアの目は確実に閉じている。

魔王の体の構造がどうなっているのか――それはリヒトには分からないが、睡眠中に体に触れられたことが大きな要因であろう。

それほど、戦いというものに特化しているらしい。

「魔王様……今から浴場に向かおうと思っているのですが、ご一緒にいかがでしょうか……？」

「んあ、別に構わんぞ。というか、目が覚めてしまったのじゃ」

「あ、ありがとうございます！　リヒトさんもありがとうございました」

ベルンは安心したのか、ボフッと大きな尻尾を出した。

妖狐の尻尾というのは、三本の尻尾が重なってその形を作っている。

やはり何度見てもそれは美しい。

日頃の努力を表しているようで、ベルンも自慢げな顔だ。

様々な獣人を見たことがあるリヒトだが、ここまで立派なものはかなり希少だった。

任務ということも忘れて、ついつい見とれてしまう。

「リヒトも一緒に来ないのか？」

「遠慮しとく」

「本当に来ないのですか？　一緒に行動しておいた方が、安全だと私は思うのですが……」

「大丈夫、ほんとに大丈夫だから」

ベルンとアリアの気遣いを、リヒトは頑《かたく》なに拒み続ける。

どれだけ合理的な提案であろうと、これだけは受け入れることはできない。

リヒトの態度に、ベルンも何かを察したようで、それ以上声をかけるようなことはしなかった。

「じゃあ行くのじゃ。ベルン、案内してくれ」

「――ひっ！　わ、分かりましたぁ……」

ベルンの尻尾に掴《つか》まって案内を待つアリア。

その浴場への道は、本棚の本をズラすことによって開かれる。

かなり凝った造りの隠し扉。

いつでも尻尾のケアができるように――ベルンのためだけに作られた浴場だ。

人間たちには、無駄な移動時間を減らすためという理由で誤魔化している。

ずっとそこに隠れていれば安全なのではないか。

その言葉を、リヒトは水と共に飲み込んだ。

「……ほぉ、なかなかの造りではないか」

アリアは、ベルン専用の浴場を見ると、感嘆するように言葉をこぼした。

人間が作ったにしては、かなりの完成度を誇っている。

貧弱な存在であるものの、こういった分野であれば、それなりの能力があるようだ。

アリアの中で、人間に対する評価が僅《わず》かに上昇した瞬間だった。

「おっとと……魔王様、新しい服を用意しておきますね」

「助かるのじゃ」

ポイッと空中を舞うアリアの服を、ベルンは器用に受け止める。

魔王らしい豪快な脱衣。

正しい脱ぎ方ではなく、力にものを言わせて脱いだためか、その服はボタンがいくつか弾《はじ》け飛んでいた。

タオルも持たず、堂々と浴場に向かうその姿は、とてもベルンに真似《まね》できるものではない。

ベルンはコソコソと服を脱ぎ、大きめのタオルを持ってアリアの後を追いかける。

「こ、このシャワーはどうやって使うのじゃ?」

「あ、それはですね――」

「――ぶへっ!?」

ベルンの説明を聞く前に。

アリアがシャワーのハンドルを捻《ひね》ると、とてつもない勢いで熱湯が噴き出す。

初めてであるため加減を知らず、強く捻りすぎてしまったらしい。

全身をびちょびちょにしながら、アリアはベルンを睨《にら》んでいた。

「す、すみません！　説明が遅れてしまいました！」

「……いや、良い。なかなか面白いシャワーじゃな」

少し不満そうな顔をしつつも、アリアは魔王としての余裕を見せつける。

これくらいで怒りをあらわにしてしまっては、ベルンに幻滅されるはずだ。

濡《ぬ》れてピッタリとくっついた髪の毛をかき分け、アリアはベルンの説明に耳を傾けた。

「……え、えっと。ハンドルは強く捻らずに、ちょっとずつ勢いを合わせてください」

「ふむふむ」

「あと、その隣にあるボタンを押したらダメ――」

「――冷たっ!?」

ベルンの言葉が終わるよりも早く。

アリアは、反射的に隣にあるボタンを押した。

その行為によって、お湯はすぐさま冷水に変わり、アリアの全身に突き刺さる。

どのような攻撃を食らっても怯《ひる》むことがなかったアリアだが、この冷水だけは例外だ。

言葉にならない声を上げながら、冷水の当たらない領域へ避難することになった。

「……ベルン」

「すみません！　本当にすみません！」

ペコペコと頭を下げるベルン。

完全にアリアは機嫌を損ねてしまっている。

たとえアリアの自業自得《じごうじとく》だとしても、ベルンはただ謝ることしかできなかった。

「……仕方ない。体が冷えてしまったから、もう湯船に浸《つ》かっても良いか？」

「ど、どうぞ！」

何とか爆発しそうな感情を抑えたアリアは、気持ちを切り替えるという意味でも、湯船で体を温めようと試みる。

当然それは冷たいということはなく、ヒリヒリするほど温かかった。

「……ふぅ。ベルンはまだ浸からんのか？」

「はい。とりあえず、尻尾のケアだけをしてから浸かろうと思います」

「んー。妖狐というのも大変じゃな」

小さめの椅子に座っているベルンの手には、専用のブラシとシャンプーが握られている。

ゴシゴシと強く洗うわけではなく、一回一回を丁寧に繰り返すという洗い方だ。

ベルンが作業に集中するその姿は、一流の研ぎ師に通ずるものがあった。

その真剣さが、温まっているアリアの目を惹《ひ》き付ける。

どれだけ見ていても、不思議と飽きることはない。

「それだけ丁寧に扱うものなら、高値で取引されるのも納得じゃな」

「お、恐ろしいことを言わないでください……！」

アリアの何気ない一言。

それを聞いたベルンの顔が、瞬く間に青く染まった。

尻尾を奪われる妖狐のことを想像してしまったのだろう。

少しだけアリアから尻尾を遠ざけている。

「安心せい。儂はそんな趣味の悪いことはせん」

「そ、そうですよね……」

「……その代わり、後でもう一回触っても良いか？」

「え？」

この後。

風呂上がりの尻尾は、アリアによって独占されることになった。

＊＊＊

「……チッ。女王がいないぞ」

暗殺者であるライズは、窓の外から覗《のぞ》き込む形で部屋の中を探していた。

女王がいつもいる部屋は、入念に調べ上げている。

部屋の基本的な構造は頭の中に入っているが、それでも女王の姿は見つからない。

隠し扉のようなものがなければ、この部屋の中に隠れられる場所は存在しないはずだ。

「というより、あの男は誰だ……？　調べた中にはいなかったはずだが」

ライズが女王の居場所より気になっていたのは、自分の部屋のようにくつろいでいる謎《なぞ》の男だった。

この城の侍従とは到底思えない。

ボディーガードにしては何も武器を持っていないため、その可能性は考えなくても良いだろう。

（どうする……まだ手を出さない方がいいか？　今なら確実に殺せるが）

ライズの中で起こる葛藤《かっとう》。

あれほど油断している状態なら、得意の吹き矢で何本でも毒を撃ち込むことができる。

音も痛みもない吹き矢であるため、あの男は攻撃されたことにも気付かずに死んでいくはずだ。

何故《なぜ》か女王がいないというイレギュラーが起きたため、ライズには日を改めるかどうかの選択肢が与えられていた。

もし今日女王を殺すならば、今のうちに男を殺しておいた方がいい。

心配して男に近寄る女王を殺す方法なら、ライズの頭の中にいくらでも存在する。

（依頼の期限は明後日までだったな……また上手く忍び込める保障はない――ここで決めるか）

イレギュラーの時ほど冷静に――ライズは持ち前の判断力で仕掛けることを決めた。

依頼の内容も考えると、そうゆっくりはしていられない。

女王暗殺という大仕事を成し遂げても、期限を過ぎてしまえば報酬は半減してしまう。

それに加えて、時間をかければかけるほど暗殺の難易度は上がっていく。

ライズは使い込んだ吹き矢を手に持った。

「よっと」

足をへこんでいる部分へとはめ込み、上手く体を固定するライズ。

音を立てずに窓を開けると、大きく息を吸い込む。

吹き矢に口を付けた時には、もう狙いを定め終わっていた。

ライズに背を向けている男の首に、猛毒の塗られている弾を撃ち込んだ。

「――ヒット。問題はここからだ」

男は違和感に気付く暇もなく。

バタリと椅子の上から崩れ落ちた。

本命である女王を仕留める前の予行練習――その一部始終《いちぶしじゅう》はライズの自信へと繋《つな》がった。

後は、これと同じことを女王に繰り返すだけだ。

いつ女王が部屋の中に入ってきてもいいように、吹き矢の狙いは重そうな扉へと向けられている。

これからライズは、夜風の冷たさと戦うことになるであろう。

「――あれ？　眠ってたか……？」

(――なっ!?)

何事もなかったかのように起き上がる男に、ライズは反射的に窓を閉めた。

(何故生きているんだ……!?　外したか？　いや確実に毒は撃ち込まれた。毒が効いていない？　いや、それなら倒れることもなかったはず……)

「おっかしいな。やっぱり休暇で全然休めなかったからか……？　そう考えると、ロザはよく体が持ってるよなぁ……」

(――くっ！)

何故か部屋を徘徊《はいかい》し始めた男。

見つかるわけにはいかないため、ライズは咄嗟《とっさ》に窓から手を放す。

どういうことなのかを解明するのはまた後だ。

今は、ただ逃げるしかない。

幸いなことに、あの男は襲撃されたことには気付いていないらしい。

それであれば、まだチャンスはある。

気配を消しながら綺麗《きれい》に着地し、ライズは夜闇《よやみ》の中へと消えていった。

＊＊＊

「ふぅ、いい湯じゃった。リヒト、何か変なことは起こらんかったか？」

「うん……多分」

「多分？」

ベルンの用意した浴衣《ゆかた》を雑にまとい、アリアは髪を濡らしたまま隠し扉から戻ってくる。

後ろがバタバタとしているところを見ると、ベルンを置いてきているのだろう。

ベルンに前を歩かせないという意味では、アリアの優しさが微《かす》かに感じられた。

「多分ってどういうことなのじゃ？」

「さっき、一瞬だけ気を失ったんだよ。敵の気配があったってわけじゃないから、結局よく分からなかったんだけど」

「……やっぱり疲れておるのではないか？　肉体は治せても精神は治せんのじゃから、早めに言

うのじゃぞ」

アリアはリヒトの近くに寄り、リヒトの顔色を確認する。

人間の症状などに詳しいというわけではないが、とりあえず心配はなさそうな顔色だ。

アリア自身も、リヒトを酷使しすぎているのは理解しているため、いつもより少しだけ丁寧に接していた。

「しかし、急に倒れるとは心配じゃな。何か病気にかかってしまったのではないか？」

「そんな病気は聞いたことがないぞ……？」

「もし死んだら、病気なんかはリセットされるんじゃったよな？」

「まぁ一応」

「よし、歯を食いしばれ」

「なんでだよ」

グッと握った拳《こぶし》を、リヒトは慌てて両手で包む。

アリアの手は、簡単に包み込めるほど小さい。

それでも攻撃するとなったら、何よりも信頼できる武器だ。

病気が治るとしても、その拳だけは食らいたくない。

心配しているが故の行動であるのは分かっているが、それを受け取れるほどの勇気はなかった。

「お待たせしました――あれ？　どうなされたのですか？」

「リヒトを楽にしてやろうと思ってな。断られてしまったが」

「受け入れるわけがないだろ」

「……？　あまり状況が分かりませんけど、何かあったわけではないのですね」

どさりとベッドの上に座るアリアに、尻尾の最終手入れを行うベルン。

命を狙われているという緊張も、やっとほぐれてきたようだ。

普段はしまっている耳を出してところを見ると、かなりリラックスしていることが分かる。

虎《とら》の威を借る狐《きつね》という言葉が、ピッタリの状態だった。

「……ん？　おい、窓が開きかけておるぞ。できれば閉めてほしいのじゃ」

「え？　あ、ほんとだ」

皮膚に当たった風か、それとも《空間掌握《くうかんしょうあく》》の影響か。

アリアは、開きかけている窓にピクリと反応する。

《空間掌握》――アリアの持つスキルは、強力なものの使用できるタイミングが限られている。

空間がしっかりと確保されていれば、空間を歪《ゆが》めることで周りはスローモーションになり圧倒的に有利な状況を作り出すことが可能だ。

しかし。

その窓が開いている状態では、もし寝込みを襲われた時に《空間掌握》の能力が確実に使えない。

人間程度に使うまでもないという思いもあるが、ベルンのためにも念には念を入れておきたかった。

「……この窓、ちょっと古いのかもな。丁寧にやらないと、完璧に閉じられない」

「そうかもしれませんね。人間たちは、かなり前からこの城を使っていたようですし」

そう言って、リヒトは開きかけの窓をしっかりと閉じる。

これで、いつでもアリアは能力を使用可能だ。

暗殺者が現れたとしても、一撃でアリアを殺すことができなければ、それだけで決着はついてしまう。

リヒトが気を遣うのも無理はない。

「それじゃあ、儂はもう寝る……ぐー」

「はやっ」

「……私たちも寝ましょうか。このベッドは大きいので、三人なら何とか大丈夫だと思います」

「いや、俺はそこのソファーで――」

「何を言っているんですか。体がバキバキになりますよ――ひっ!?」

ベルンがベッドの中心に座った途端。

寝相の悪いアリアによって、尻尾が無理やり枕《まくら》にされてしまった。

魔王の怪力は睡眠中でも健在であり、力で押しのけることはできない。

あのベッドで眠るとしたら、それなりの覚悟が必要だ。

そして、その覚悟がリヒトに存在するはずもない。

ベルンがアリアに気を取られている隙に、リヒトは部屋の電気を消して自分のソファーを確保することになった。

それから数分ごとに。

ベルンの悲鳴にも似た声が聞こえてくるのはまた別のお話。

＊＊＊

「おはよう」

「……おはようございます」

リヒトがソファーの上で目を覚ますと、そこにはいかにも寝不足なベルンがいた。

今は、アリアによってぐちゃぐちゃにされた尻尾を必死に整えている。

肝心のアリアは、まだ気持ち良さそうに眠っており、当分起きるような気配はない。

「リヒトさん……なんで昨日は見捨てたんですか」

「い、いや。そんなつもりはなかったんだけどさ。まさかそこまでひどいとは予想できないし」

尻尾のケアをする手を止めることなく、ベルンは淡々とリヒトを問い詰める。

目線はリヒトに向けられていない――その様子がただただ恐ろしかった。

夜に何が起こったのかは分からないが、リヒトの想像を絶する被害をベルンは受けたのだろう。

「すみません。昨日は眠れなかったので、変なことを言ってしまうかもしれません」

「あ、あぁ。気にしないから大丈夫……」

どうやら尻尾のケアは終わったらしく、ベルンはスっと立ち上がる。

怒っているのか怒っていないのかは不明だが、とにかく今は話しかけてはならない雰囲気だ。

リヒトはできるだけ会話を最小限に抑えて、ベルンの機嫌を窺《うかが》っていた。

「あ、コーヒーいりますか？」

「……じゃあ一杯」

「魔王様の分はどうしましょう……」

「アリアは、コーヒー飲めないからいらないと思う」

ケアが終わって落ち着いたのか、ベルンは朝のコーヒーを淹《い》れ始める。

何かこだわりがあるようで、かなり大きめの機械をいじりながら、じっくりと時間をかけた作業だった。

「……でも、そろそろ魔王様を起こした方がいいと思うのですが」

「……うーん」

ここで問題になったのは、誰がアリアを起こすか——だ。

適当に起こしてしまえば、アリアの逆鱗《げきりん》に触れる可能性が高い。

かと言って、丁寧に起こしたとしても先日のリヒトの例がある。

ベルンがコーヒーを作ることで、手を埋めた理由が分かったような気がした。

「——起きろっ！」

無意識の反撃を恐れたリヒトは、アリアの身を包んでいる布団を引っぺがし、素早く手の届く範囲外へと逃《のが》れる。

幸いなことに。

暴れ出すという現象は起きず、ブルリと身を震わせて、カブトムシの幼虫のようにモゾモゾと動いていた。

失った布団を手探りで探そうとするが、それを見つけることはない。

数秒した後に、ようやくパッチリと目を覚ます。

「……ん、朝か」

「おはよう」

「……おはようなのじゃ」

目を擦《こす》りながらの起床。

ベルンとは違って、ぐっすりと眠ることができたらしい。

気分が良さそうに、スタリとベッドの上から飛び降りる。

そして、しわくちゃの浴衣からいつもの鎧《よろい》のような戦闘服へと着替え始めた。

やはりいつもの格好でないと落ち着かないようだ。

それもわざわざコッソリと持ってくるほど。

確かに人間たちの前でなければ服装は関係ないため、ベルンの部屋でどのような格好をしていても問題はない。

「そうじゃ、リヒトは大丈夫なのか？　昨日は倒れたのじゃろう？」

「ん？　あぁ、そういえばそうだったな。寝たら治ったような気がするよ。昨日がたまたまだったのかも」

「そうか。それなら良いのじゃ」

アリアは満足そうに窓から外を見渡す。

治ったというのなら、アリアがこれ以上心配する必要はない。

太陽の光をその身に浴びつつ、人間たちの生活を観察していた。

「……おい、リヒト。あの男、少し不自然ではないか？」

「……え？」

アリアの目に映ったのは、遠くからこの城のことを見つめている不気味な男であった。

あまりに距離が離れているため、目が合うということはないが、確実にこの部屋のことを見つめている。

その手には双眼鏡が持たれており、偶然というわけではなさそうだ。

とても観光客と思える風貌《ふうぼう》ではなく、見ているのが女王のいる部屋だというところもおかしい。

「……どこだ？　俺には見えないぞ？」

「あそこじゃ。ほら、影に隠れておるじゃろ」

「…………すまん。俺はアリアほど目がいいわけじゃない」

アリアが指をさしたとしても、リヒトがその男を視認することは不可能だ。

人間の目で見える距離には限界がある。

あの男のように双眼鏡を使わなければ、どうしても見つけることはできないであろう。

「人間は不便じゃのお」

バン――と、アリアは急に窓を開ける。

「――ビンゴじゃ。あやつ、確かに反応した。リヒト、ベルンのことを頼んでも良いか？」

「……え？　いや――」

「――チッ、逃げようとしておる。時間がないぞ。どうなんじゃ、リヒト」

「わ、分かった」

「さすがじゃ」
アリアはリヒトに確認すると。
フワリと重力に従ってその窓から飛び降りた。
（あやつは……一人じゃな。どこに行こうとしとるのじゃ）
地面に落下しながらも、アリアは怪しい男から目を離さない。
飛び降りたアリアを見たからなのか、男は一目散に逃げ出している。
道ではなく、屋根の上を利用して一直線の逃走だ。
これが普通の人間相手であれば、容易《たやす》く追っ手を撒《ま》くことができるだろう。
しかし。
今回だけは話が別である。
「楽勝じゃな」
音を立てず地面に着地すると、アリアはすぐに動き出す。
あの男が移動した道は、一瞬で完璧に記憶していた。
最後に入ったのは大きな教会。
間違いなくその中に男はいる。
男と同じ道を、二倍以上のスピードで駆け抜けていくアリア。
教会のドアを開けるのに、それから一分もかからなかった。
「――邪魔するぞ」
人間たちの視線が、同時にアリアへと向けられる。

幼い体に鎧のような服。

普通ならここに来るはずのない容姿の客人に驚いているようだ。

だが、そんなことはアリアからしたらどうでもいい。

今、アリアの頭の中にあるのはあの男のことだけ。

「お嬢ちゃん、ごめんね？　ここは信者の人以外は入れないの」

先に声をかけたのは、この教会の信者と思われる中年の女。

力づくでつまみ出すような真似はせず、丁寧にここを出るよう促している。

どこにでもいるような、そんな普通の女性だった。

「お嬢ちゃんが信者になったら歓迎するから、その時にまた来てね」

「儂は用があって来たのじゃ。さっきここに男が入ってきたじゃろ」

「……なんのことかしら？　そんなの来てないわよ？」

「…………」

一瞬だけ見せた動揺の表情も見逃さない。

ここでアリアは確信した。

この女は嘘をついている。

それだけでなく、ここにいる全員が男のことを隠そうとしていた。

「とぼけるでない。教会が壊されぬうちに言った方が良いぞ」

「さっきから何を言って――」

「あの男はどこに行ったのじゃ？」

「……チッ、アンタたち」

女はアリアの質問に答えることなく。

周りにいた男たちに指示を出した。

すると、すぐにアリアの周りが取り囲まれる。

恐らくここにいる人間全員がグルなのであろう。

なかなか巨大な組織ということがこれだけでも窺える。

「悪いわね。お嬢ちゃんが変なことに首突っ込むからよ？」

「いやいや。話が早くて助かるのじゃ」

「フン。生意気な――」

女が瓶を手に取って殴りかかろうとした刹那《せつな》。

目の前が血で真っ赤に染まる。

これは自分の血ではない――この教会にいた誰かの血だ。

しかし、それが誰のものかまでは特定することが不可能である。

アリアの動きを目で追えた者は、誰もいないのだから。

「ちょ、なっ――！」

「お主が最後じゃ。答える気にはなったか？」

「え？」

驚きの声を上げていたのも数秒。

女には非情な現実が突きつけられる。

周りにいた男たちは、全員がもう戦える状況ではない。

いや、生きているかどうかすら分からない。

残されたのは自分一人だけ——状況は簡単に理解できた。

「ま、待って！　アナタが探してる男は地下にいるから！　そこの本棚をどかして！」

「地下？」

「そ、そうなの！　ここは教会なんかじゃなくて、闇ギルドへの入り口なのよ！」

女は命乞《ご》いをするように、スラスラと自分の知っている情報をアリアに提供する。

この追いつめられた状態で、出まかせを言えるほどの度胸があるとは思えない。

つまり、この情報の信憑性《しんぴょうせい》はかなり高いということだ。

教会をカモフラージュにして、これまで闇ギルドの存在を隠していたのだろう。

信者以外は入れないシステムにしているのなら、見つからずに済んでいたのも頷ける。

「そうか。下には何人いるのじゃ？」

「最大で百人……」

「分かった——ほら、消えろ」

「ひ、ひいいぃぃ！」

アリアが吐き捨てるように言うと、女は情けない声を上げてその場から逃げ出す。

足が震え、まともに走ることさえできていない。

もはやかわいそうに思えてくるくらいであった。

「さて——」

と、アリアは気を取り直す。

これからベルンを狙う組織を壊滅させれば、この仕事を終えることができる。

地下にいる暗殺者たちに逃げられてしまう可能性があるため、あまりモタモタはしていられない。

アリアは言われた通りに本棚をどかし、重そうな鉄の扉を確認した。

「あと少しじゃな」

＊＊＊

「――それで、本当に女王は化け物を護衛につけているのか？」

「ああ、間違いない……数百メートル離れてたのに、俺の存在に気付きやがった。しかも、俺を追いかけようと窓から飛び降りてた」

「とても信じられん。依頼を失敗した理由を作ろうとしてるんじゃないのか？」

「ふざけるな」

ライズは怒りを軽く抑えながら相談を続ける。

信じてもらえないことまでは許せたが、それに自分のミスを関連付けてくるのは心外だ。

自分は実際に起きたことをそのまま伝えているだけ。

報告にここまで時間がかかるのも珍しい。

「もし仮にそれが本当だとするならば……どうしましょう」

「女王はまだこのことを公開してないんだろ？　情報屋に売ったら高く売れるんじゃないか？」

「それは期待できそうだな」

「でも情報屋に売るなら、それなりに証拠《しょうこ》を集める必要があるぞ」

「それなら、ライズが証拠を握ってくればいい。どうせもう一回行くことにはなるんだから」

「……お前ら、そんな簡単に言うなよ」

淡々と進んでいく仲間たちの話に、ライズは不満をこぼさずにいられなかった。

金を稼ごうとしているのはいいが、それがどれほどの難易度なのか微塵《みじん》も分かっていない。

「俺の顔はあの化け物に覚えられてるはずだ。絶対に警戒されてる。それに、女王の部屋には毒が効かない護衛もいるんだ。悪いけど――俺は降りる」

「降りるだと？　誰が今回の依頼を引き継ぐんだ」

「――じゃあ俺がやるよ。その代わり報酬は二割増しな」

と、ライズの隣にいる同僚が立ち上がる。

やはり女王暗殺の依頼はかなりビッグな仕事であり、代わりは驚くほどすぐに見つかった。

それは、名乗り上げ損ねた他の暗殺者の舌打ちが聞こえてくるほど。

成功した時の報酬金と昇格を考えれば、何もおかしいことではない。

「ありがとよ、ライズ。お前がビビってくれたおかげだぜ」

「……フン」

同僚の嫌味をライズは軽く受け流す。

自分は間違ったことはしてないという、絶対的な自信があったからだ。

むしろ間違いを犯したのは同僚の方――あの未知数な化け物とは、もう二度と関わりたくはない。

「これなら出世も俺の方が早いかもな、ハハハ！」

「……捕まっても俺たちのことは吐くんじゃないぞ」

「なっ？　任せとけよ、女王は俺がぶっ殺してやるか――」

ムキになっている同僚から目を逸《そ》らしたライズ。

すると、同僚の言葉は機械のように途切れた。

今さら怖気《おじけ》づいたのか。

そんな同僚を馬鹿にしようとしていた時。


「んん？　おかしいな、こいつではなかったはずじゃが」


「――っ、お前は!?」

振り返ったそこにいたのは。

腰まである長い紫の髪、珍しいタイプの鎧。

先ほど確実に撒いたはずの化け物だった。

「――あ、お主じゃったな。さっき儂を見て逃げ出したのは。こやつが女王を殺すと騒いでおったから、つい勘違いしてしまったぞ」

「どうしてここが分かったんだ……」

「そりゃあ、お主を追いかけてきたからのぉ」

「見張りが何人もいたはずだが」

「勝手にベラベラと闇ギルドのことを喋《しゃべ》っておったな」

「あのババアめ……」

ライズは見張り役の悪態をつくと、一歩だけ目の前の化け物から距離を離す。

ここから逃げられるとは当然思っていない。

生き残るためには、何とかしてこの化け物を倒す必要があった。

周りの仲間たちもそれは理解しているらしく、全員が今すぐ戦える準備を整えている。

「さて、女王を狙った罰じゃ。分かっておるじゃろうな？」

「――お前ら！」

「《空間掌握》」

暗殺者たちが一斉に動こうとしたタイミングで。

アリアは《空間掌握》の能力を使う。

多方向からの同時攻撃だとしても、もうアリアに攻撃を当てることは不可能だ。

近くにいる暗殺者から順番に――容赦することなく数を減らしていく。

「……人間にしては良い動きじゃ」

一秒のズレもない攻撃のタイミング。

アリアの逃げ場を作らないようにした包囲。

それをここにいる全員が完璧に行っていた。

このレベルなら、本当にベルンを殺すことができたかもしれない。

少なくとも、城にいるような並の兵士では歯が立たないだろう。

そのことを考えると、ベルンが自分たちを呼んだのはかなり賢い行為だったと言える。

「――ふう」

「逃がすな…………え？」

「もうお主一人じゃ。相手が悪かったな」

「い、いつの間に……！」

お主が叫んでる間に――と、アリアは答える。

ライズが周囲を確認しても、あるのは仲間たちの死体のみ。

約百人の命が、ほんの数秒で消え去ったのだ。

何が起こったのか全く理解できない。

本当に自分が叫んでいる間に殺し終わったのなら、もう違う次元にいるとしか思えなかった。

「一応最後に聞いておくが、どうしてベルン――いや女王を狙ったのじゃ？」

「……俺たちが依頼主の情報を漏らすわけないだろ」

「どうせ、ベルンのせいで損をした貴族の依頼じゃろ？」

「………」

「正解のようじゃな。人間も魔族も同じじゃ」

アリアは答え合わせを終わらせると。

ライズの首に優しく手をかける。

ライズが死に際に見たのは、冷酷な笑みを浮かべている少女の姿だった。

＊＊＊

「ありがとうございます！　すぐに人間の兵士を向かわせました！」

ベルンは感謝の気持ちを体で表すように、髪が地面についてしまいそうなほど深く頭を下げた。

アリアは場所を特定しただけでなく、始末まで担当してくれたらしい。

しかも以前から悩んでいた闇ギルドを丸ごと。

本来なら多くの金をかけて対処しようとしていた問題だ。

ベルンからしたら、あまりにも大きすぎる借りである。

「あの……なんとお礼したら良いか……」

「別に良い。帰るぞ、リヒト」

「分かった」

「――ちょ、ちょっと待ってください！」

特に振り返ることなく帰ろうとするアリアに、それに従って後ろを付いていくリヒト。

このまま帰してしまえば、次に会う時があまりにも恐ろしかった。

爆弾を体に巻いて特攻しろと命じられても、ベルンに断ることはできないであろう。

それならば、たとえ僅かなものだとしても、今のうちに少しでも借りを返しておきたい。

「なんじゃ？」

「えっと……！　実はこの国で面白そうな情報がありまして！　リヒトさんは気に入る内容だと思うのですが！」

「……俺？」

ベルンはゴクリと唾《つば》を飲み込む。

ここで全く気を引けなければ、最悪の印象でアリアたちは去っていくということだ。

一歩踏み込んでしまった以上、もう逃げることはできない。

自分が調べた情報をしっかりと思い出しながら、ベルンは一言目をようやく発した。

「かつて、この国には聖女と呼ばれた存在がいたらしいです。その人間は神の教えによって、誰も知らない場所で埋葬されたという伝説がありました」

「……なるほど」

「そこでなんと！　その聖女が埋葬されているという、誰も知らない場所を記した手帳を見つけたのです！」

「ほお！」

興味深そうなアリアの顔。

意外にも食いついたのはアリアの方だった。

少なくとも手応《てごた》えはありそうだ。

「やはり女王になったら、普通入れない場所にも入れるみたいです。かなり厳重に保管されていた手帳でしたので、調べてみた甲斐《かい》がありました！」

「どうする、アリア？　場所が分かるなら、蘇生させることができるぞ」

「面白いではないか。人手も足りておらんし、少し聖女というのにも興味がある。何か問題があれば、また殺せばいいことじゃし」

ベルンはホッと胸を撫で下ろす。

アリアの興味は、完全に聖女へと移っていた。

魔王からしたら、聖女というのは真逆の存在と言っても過言ではない。

だからこそ、聖女というものを実際に見たいと感じている。

「で、その場所とやらはどこなんじゃ？」

「森……のようですね。詳しい場所は、この手帳に地図が描《か》いてあります」

「森なら暗くなる前にやっておきたいな。アリア、大丈夫そうか？」

うむ――とアリアは返事をすると、ベルンから古びた手帳を受け取った。

死に場所まで神に従うとは、かなりの信仰心を持った聖女だと予想できる。

リヒトの《死者蘇生》は、蘇《よみがえ》らせたとしても従わせるという効果はないため、聖女を丸め込むという手順が必要だ。

話し合うとしたら、夜より昼の方が警戒されなくて済むだろう。

「儂は大丈夫じゃ。死に場所まで連れていってやるから、後はリヒトに任せるぞ」

（こういう時にドロシーがいたらなぁ……）

リヒトはその思いを言葉に出さず、静かに首を縦に振った。

かつてのドロシーのように、聖女が状況を飲み込むのが早ければ特に問題はない。

しかし。

もし、敵対するような行動を取られれば、余計な仕事を増やして終わるだけである。

森という室内と違って閉ざされた場所ではないため、アリアも全力で戦うことができない。

徒労に終わるかどうかは、リヒトにかかっていた。

「……あ、リヒトさん。もし殺すことになったら、死体は人に見つからないようにしていただけると嬉しいです。見つかったら大騒ぎになると思うので」

「……分かった。頑張るよ」

最後、リヒトはベルンの物騒なお願いを聞き入れる。

大騒ぎになったら面倒になるのも自分だ。

断る理由は何一つない。

それからは、どこか安心したようなベルンに見送られることになったのだった。

第二章　聖女

「――アリア、この辺だ。降ろしてくれないか」

「分かったのじゃ」

ベルンから貰《もら》った手帳に描《か》かれた地図。

上空から確認しているため、普通に探すより何倍も探しやすかった。

もしアリアがいなければ、森の中を歩き回ることになっていただろう。

「――というか、あそこではないのか？　何か墓のような物があるぞ？」

「あっ！　あれだ！」

移動係のアリアと捜索係のリヒトで役割を分けていたが、結局どちらもアリアが解決することになる。

アリアの視力とリヒトの視力の差は、簡単に埋められるものではない。

アリアの言う墓のような物と、手帳に描いてある埋葬場所を照らし合わせながら、二人はそこへ降り立つことになった。

「立派な墓じゃな。魔物に荒らされてないところを見ると、何か結界を張っておるのじゃろうか？」

「そうみたいだ。何年くらい経《た》ってるのかは分からないけど、ずっと続く結界って凄《すご》いな……」

「どうする、リヒト？　掘り起こすか？」

「俺《おれ》にそんな力はない！」

墓の前で動かないアリアとリヒト。

見たことのない種類の石で作られた十字架の下に、聖女が眠っているのは確実である。

もし蘇生《そせい》するとなったら、掘り起こしてからでないと面倒だ。

リヒトでは物理的に不可能なため、ここでもまたアリアが動くことになった。

「――わっ⁉」

アリアが手をかざした瞬間――ドガンと音を立てて土煙が舞う。

必然か偶然かは分からないが、埋まっていた棺桶《かんおけ》は傷付くことなくその姿を現した。

棺桶もまた、結界のようなもので包まれているのだろうか。

この結界が聖女の力による効果ならば、その信仰心の高さが見て取れる。

「ほら、リヒト。やれ」

ワクワクが抑えられないアリアは、バンとリヒトの背中を叩《たた》いて蘇生を促す。

早く聖女を確認してみたくて仕方ないのであろう。

その視線は棺桶に釘付《くぎづ》けだ。

「あ、あぁ。《死者蘇生《ししゃそせい》》」

バタリ――と、一回だけ動く棺桶。

リヒトの《死者蘇生》は、いつも通り完璧《かんぺき》に発動した。

しかし、問題はこれからである。

復活した聖女が、どのような行動をしてくるのか。

リヒトには全く予想できない。

攻撃してくるとは考えにくいが、全く言うことを聞かない可能性だってある。

アリアを怒らせるという愚行をした場合は、弁護の余地もなかった。

「…………ふぇ」

「おい、早く出てくるのじゃ」

「だ、誰《だれ》ですか!?　誰かいるのですか!?」

再びバタバタと動き出す棺桶。

少しの時間フリーズしたのは、頭が真っ白になっていたかららしい。

蘇生されたばかりの人間なら自然な反応だ。

逆に、早く引っ張り出そうとするアリアが鬼とも言える。

「俺が蘇生させたんだ。今から棺桶を開けるよ――」

「――あ、貴方《あなた》!?　蘇生だなんて……何ということをしたのですか！　それは神に対する冒涜《ぼうとく》なのですよ！　絶対に許される行動ではないのです！」

「え、ごめん……」

「もうダメなのです……神様がお怒りなのです……」

プルプルと震えている棺桶。

聖女は一向に中から出てくる気配はない。

多少の会話でも分かるほど難しい性格だった。

これはどうしたものか。

そんな中で、リヒトは一つの提案をする。

「アリア。このまま持って帰らないか……？」

「……そうじゃな」

棺桶を開ければ面倒なことになる――そう確信した二人は、聖女をその棺桶から出すことなく、ディストピアへと持って帰ることを決めた。

その移動時間、ずっと聖女が騒いでいたのはまた別のお話。

＊＊＊

「うわっ、リヒト。どうしたのそれ？　誰か入ってる？」

「ああ、中に聖女が入ってるらしい」

「聖女……？　また凄い人を連れてきたんだね」

ディストピア――入り口付近。

死霊の確認を行っていたドロシーの前に現れたのは、大きな棺桶を持つアリアとリヒトであった。

アリアが上部を、リヒトが下部を持って運んでいる。

中に入っている聖女は、道中で騒ぎすぎてスタミナが切れているようだ。

「アリア、もう開けてもいいんじゃないか？　暴れたりはしないだろうし、ディストピアの中だから逃げられないし」

「そうじゃな。よっと」

ドスン――と、音を立てて棺桶を地面に落とすアリア。

棺桶の中から聖女がゴツンと頭をぶつける音がした。

運が悪ければ、もう一度蘇生をする必要があったかもしれない行動だ。

リヒトは心の中でヒヤリとしながら、慎重に棺桶の蓋《ふた》を開ける。

「ひっ――あ、あれ？　人間？　あっ!?　魔王がいるのです！」

眩《まぶ》しそうに外の世界と再会した聖女。

青色の髪に宗教色の強い服が目立つ。

見た目は人間界にいるシスターと特に変わりはない。

「ほう。よく分かったな」

しかし、そこらのシスターと違うのは一目瞭然《いちもくりょうぜん》だ。

しっかりとアリアの方に指をさし、魔王であることを言い当てた。

リヒトが人間であることも見抜いている。

たった数秒の出来事であるが、聖女としての力は本物らしい。

「な、ななななんで魔王がいるのですか！　はわわわわ……神よお助けくださいぃ……」

「リヒト、こやつを落ち着かせることはできんのか？」

「無理そうかも」

アリアもリヒトも、慌てふためく聖女にお手上げの状態だ。

話しかけようとしても、狂ったような祈りの声にかき消されてしまう。

いつものアリアなら、パシンと頬《ほお》でも叩いて黙らせてしまうのであろうが、今回ばかりはそれも火に油を注ぐ行為になるだろう。

それを見かねたドロシーは、気を利かせて一歩前に出た。

「ねぇ、聖女さん。ボクたちは敵じゃないから、あまり驚かないでほしいな。急に生き返ってビックリするのは分かるけどね」

「……貴女《あなた》は誰なのですか？　私は……二度生を受けるという禁忌を犯してしまいました。神に背いてしまったのです……」

「ボクはドロシーっていうんだ。ネクロマンサーをやっているよ」

「ネクロマンサー!?　あ、あの命を歪《ゆが》めている存在……！　貴女は間違っているのです！」

「え？　えぇ……？」

ドロシーはチラリとリヒトの方を見る。

その目からは、助けてくれというメッセージがヒリヒリと伝わってきた。

まさかドロシーまで通用しないとは、リヒトの想像を遥《はる》かに超える面倒臭さだ。

それほど、神に対しての忠誠が厚いのだろう。

「別に命を歪めてるってわけじゃ……」

「嘘《うそ》なのです。私の知っているネクロマンサーは、死霊を用意するためにわざわざ子どもを殺していました」

「え……それもしかしてボクの母さん――」

と、ドロシーが何か心当たりを見せたところで。

その様子をずっと観察していたアリアが一歩前に踏み出す。

「まったく。わがままな聖女じゃゃのぉ」

「ひっ⁉」

「儂《わし》は魔王アリアじゃ。名を名乗れ」

「ラ、ラエルなのです……」

ラエル――その名前がアリアの耳に届く。

少し期待していたが、やはり聞いたことがない名前だ。

自分の知っている聖女は、目の前の聖女のように弱そうな者ではない。

そんなラエルに、アリアは一つの決断を迫る。

「お主はどうするのじゃ。ここで働くのか、殺されて神とやらの元に行くのか――選べ」

「そ、それは……」

「聖職者の血は美味と聞く。ロゼも喜ぶじゃろうなぁ」

「ひえっ……⁉」

「ん？　でもヴァンパイアに殺された者は、天国に行けないという話じゃったな」

「う、ううっ……」

うわあああん――と、ラエルは棺桶から飛び出して駆けていく。

アリアの脅しに耐えられなくなったようだ。

いくら聖女といえども、人間ということには変わりない。

むしろ、よく今まで耐えていられたことを褒めてあげたい気分である。

「アリア、追いかけなくてもいいのか？」

「まあ、本気で殺そうと思っているわけではないからな」

「それより、ラエルさんは入り口じゃなくて奥の方に逃げていっちゃったんだけど」

「……仕方ない。俺が探してくるよ」

はあ――とため息をつき。

リヒトはラエルを探すために歩き出す。

もう既に、アリアの聖女に対する興味は失われているようだった。

＊＊＊

「お姉さま、聞こえた？」

「うん、イリスちゃん。誰か来たかも」

揺れる二人の金髪に、ピクリと動く長い耳。

ディストピアの領域の中でも、イリスとティセの住む領域には自然が溢《あふ》れている。

今日も今日とて。

二人は特に何もすることなく、のんびりと草の上で座っていた。

正確には仕事がないわけではない。

現にロゼは、休むことなく一日中働くほど多忙を極めている。

それでもイリスとティセに仕事が回ってこないのは、他《ほか》のメンバーが自動的に肩代わりするようになっているから。

仕事をサボってゆっくりと過ごす日常は、アリアも黙認している事実だ。

ティセの巨大な胸部を背もたれにして、イリスはリラックスするように息を吸う。

「……あ、お姉さまお姉さま。初めて見る人がいる」

「本当ね、イリスちゃん。魔王様が連れてきたのかしら……？」

領域に迷い込んできたラエルを、イリスとティセは遠目から発見する。

地下であるにも拘《かか》わらず、自然が溢れているこの領域に困惑しているようだ。

キョロキョロと周りを見渡し、樹海をさまよう人間のように歩いていた。

「あれ？　お姉さま、こっちに来てる。どうする？」

「イリスちゃん、攻撃したらダメよ？　大事なお客様かもしれないし、もしかしたら新入りさんかも」

「――おっとっと」

ティセの言葉によって、イリスのスカートにかかる手が止まる。

もう少し遅れていたら、妖精《ようせい》たちがラエルに向けて攻撃を仕掛けていたかもしれない。

リヒトによって蘇生させることはできても、イリスが攻撃したという事実は消すことができないのだ。

これから仲間になるのであれば、いきなり関係を悪化させるのは避けたい。

「す、すみませんっ。助けてほしいのです！」

「……あら、どうしたのですか？」

そんな中で先に声をかけたのは――ラエルの方。

ラエルの口から出てきたのは、二人に助けを求める声だった。

一瞬だけ警戒はしていたものの、イリスとティセから邪悪な気配は感じ取れなかったらしい。

この二人なら大丈夫だろうと、割り切って声をかけている。

「私はラエルと言います！　えっと……魔王に追われているのです！　早くここから逃げ出さないと、殺されてしまうのです！」

「それはそれは……大変な状況ですね」

ティセは、ラエルに同情するように頷《うなず》く。

何が起こっているのかは分からないが、面白いことになっているというのだけは理解できた。

隣にいるイリスも、興味を示すようにラエルのことを見つめている。

「ここはどこなのですか！　外だけど外じゃないです！　元の世界に帰してください！」

「ラエルさんは、どうしてここにいるの？」

「え？　そ、それは……私にも分からないのです。急に生き返って、気が付いたらここにいました」

ラエルの答えを聞いて、イリスとティセは大体のことを察することができた。

目の前にいるラエルは、どうやらリヒトの手によって蘇生されたらしい。

魔王というのは、考えるまでもなくアリアのこと――二人の記憶が正しければ、リヒトとアリ

アは一緒に人間界で行動していたはずだ。

つまりリヒトとアリアが人間界でラエルを蘇生し、ディストピアに連れ帰ったと考えれば辻褄《つじつま》が合う。

「ま、まさか貴女たちも……」

「ごめんなさいね。魔王様の従者なの」

「そ、そんな……ここで殺す気なのですか！」

「ううん。そんなつもりはない」

怯《おび》えた様子のラエルを、イリスは優しく落ち着かせる。

敵であれば悩まずにいくらでも殺す二人であるが、そうでないものを無闇《むやみ》に殺すようなことはしない。

そもそも、ラエルはアリアが連れてきたであろう人間だ。

アリアから命令が下されない限り、二人がラエルに手をかける権利はなかった。

「ラエルさんは、魔王様にどのようなことを言われたのですか？」

「ここで働くか、殺されるか選べと言われたのです……」

でも――と、ラエルは付け足す。

「魔王の元で働くくらいなら、私は死ぬことを選ぶのです！」

勇気を出して、ラエルはしっかりと言い切った。

聖女として、神に背くことはできない。

先ほどは恐怖で逃げてしまったが、覚悟を決めた今は違う。

魔王と戦って死ぬことができれば、それは大きな名誉となるだろう。

「やっぱり私は魔王と戦います。でないと神様に怒られてしまいますから」

「なるほど。頑張ってくださいね」

「イリスも応援してる」

魔王の配下というのならば、主《あるじ》に歯向かおうとする者がいたら普通は止めようとするのではないか。

「え？　邪魔してこないのですか？」

意外すぎる反応に、ラエルは戸惑いを隠すことができなかった。

しかし、二人はその真逆と言える反応である。

拍子抜けして、ついつい聞き返してしまう。

「邪魔なんてしてたら、むしろイリスたちが魔王様に怒られるかもしれない」

「そうね、イリスちゃん。ラエルさんは珍しいタイプの人間だから、なかなか戦える相手じゃなさそうだし」

ラエルの背中に、さっきとはまた違った緊張感が走る。

魔王は戦いのことを命の奪い合いと認識していない。

ただの遊びだと認識しているのだ。

ここにいる二人も、魔王が負けるわけないと分かっているため、ラエルを応援するような真似《まね》

ができる。

恐怖を感じてしまうのも仕方がなかった。

「お姉さま。魔獣とか連れてきた方が楽しんでもらえるかな？」

「うーん。魔獣程度だとハンデにもならない気がするけど」

「それならロゼの眷属《けんぞく》は？」

「それはロゼが嫌がるんじゃないかしら」


「う、ううっ……」

うわあああん——と、ラエルは根源の森から逃げ出していく。

今度は、目の前で行われる恐ろしい話し合いに耐えられなくなったらしい。

自分が殺される様が娯楽になるなど、想像するだけでも頭がおかしくなりそうだ。

その場凌《しの》ぎにもなっていないが、足が勝手に奥の方へと動いてしまっている。

「お姉さま、追いかける？」

「……かわいそうだからやめてあげましょ」

「分かった」

段々と遠くなっていくラエルの背中を、二人は面白そうに眺めていたのだった。

＊＊＊

「ごめんね、ロゼ。また手伝ってもらったなの」

「いいんですよ、フェイリス。困った時はお互い様ですから」

ロゼとフェイリスは、二人で集まることによって溜《た》まった仕事を一気に片付けていた。

協力して効率よく仕事をこなそうという名目での集まりだが、実際に行われているのはフェイリスに配分された仕事のみ。

ロゼに配分された仕事は、ロゼ一人でとっくに終わらせている。

つまるところ、ロゼの優しさによって開かれた集まりである。

「……魔王様も人使いが荒いなの」

「まあまあ。信頼してもらっているわけですから」

「イリスとティセの分は……ロゼがやってるなの？」

「そうですね。できるだけイリスとティセには仕事を回したくありませんし」

ロゼの圧倒的な仕事量に、フェイリスはもう言葉が出てこない。

三人分の仕事を抱え、なおかつフェイリスを手伝うことができる。

どれほどのスピードで働けばこのような芸当ができるのか。

「ロゼ、一日何時間寝てるなの？」

「今月は五回ですね」

「……納得したなの」

返ってきた答えはロゼの体が心配になるようなものだったが、ヴァンパイアの肉体に詳しくないフェイリスは納得しておくしかない。

現にロゼはピンピンしているため、これくらいが丁度良いのだろう。

意図せずフェイリスの口から「お疲れ様」と言葉がこぼれた。

「長年の疑問が解決したなの」

「アハハ、三人分だと時間が足りませんからね」

イリスとティセ――この二人の仕事は、ロゼが一人で請け負っている。

たまにフェイリスやドロシーに配分されることもあるが、大抵はロゼ一人に配分されたままだ。

しかし、この偏った仕事配分に文句を言う者は誰もいない。

その理由としては、大規模な戦闘が行われた際に、イリスとティセが毎回桁《けた》外れな戦果を挙げているという点にあった。

《妖精使役《ようせいしえき》》と《精霊使役《せいれいしえき》》があれば、並の敵たちは戦うまでもなく死んでいく。

殲滅《せんめつ》能力だけで言えば、アリアでもこの二人には到底及ばない。

だからこそ、アリアはイリスとティセを戦闘要員として確立し、普段の仕事配分の偏りを黙認しているのだ。

「とりあえずパパっと終わらせちゃいましょう！」

「分かったなの――」

と、二人は再び仕事に取りかかろうとする。

このままのペースでいけば、今日中には終わらせることができるであろう。

ロゼの存在がなければ、このようなことは有り得なかった。

フェイリスの心の中が感謝の気持ちでいっぱいになっていた時。

領域の扉がバタンと音を立てる。

「ひっ⁉　またいたのです！」

その扉を開けたのは、二人の記憶の中にはいない人間。

この領域に来るというのは、並の人間では成し遂げられない偉業だ。

少なくとも、イリスとティセを突破する必要がある。

この人間がイリスとティセを倒すことができるのか――とてもそれほどの実力者とは思えない。

奇妙な存在に、フェイリスはナイフを、ロゼは牙《きば》を見せる。

「任せて。私が出るしかないいなの」

「フェイリス……」

ロゼの服を引っ張り、自分の存在意義を理解しているフェイリスが前に出る。

この領域に敵が侵入してきた事例は今回で二回目。

しかも、先ほどリヒトとアリアが戻ってきた報告があったばかりだ。

アリアが死亡した場合は絶対気付くため、アリアの生存は確定。

つまり、イリス、ティセ、ドロシー、リヒトの四人を倒したということである。

それはロゼもしっかり理解しており、過去最大の警戒を示していた。

イリスとティセが倒されたということも信じられないが、リヒトの存在があっても突破されたという事実がもっと信じられない。

《死者蘇生》があれば、もし殺されたとしても生き返ることができる。

そのアドバンテージがあったとしても負けたということだ。

一体何が起こったというのか。

――このような得体の知れない者の相手こそ、フェイリスの真の役目だと言えた。

「ロゼ、武器を奪ってほしいなの。そうしたら道連れにできる」

「……やってみます」

ぼそりとロゼに向かって呟《つぶや》き。

フェイリスは自分の首にナイフを当てながら、ジワジワと近付いていく。

このまま自殺したとしても意味はないが、相手がこのナイフを使ってフェイリスを殺した場合は別だ。

自分を殺した者を道連れにする能力。

ロゼはそれを邪魔しないように見守りながら、人間が武器を出す瞬間をじっと待つ。

「ちょ、ちょっと待ってほしいのです！」

「……？」

人間は戦意がないことを示すように、両手を上げて正座で座る。

その予想外の行動に、フェイリスとロゼの動きが一瞬止まった。

何かの作戦なのかもしれないが、これでは攻撃され放題だ。

「ロゼ、手は出さないで。私と同じような能力かもしれないなの」

「は、はい……！」

「ち、違うのです！　私は敵じゃないのです！」

人間はさらに戦意がないことを示すため、その場にうつ伏せで寝転がる。

あまりにも情けない姿。

フェイリスのナイフにかかる力が僅《わず》かに弱まる。

そんな時だった。

「――あ、いた！　随分奥に進んでたんだな……」

少しだけ息を切らしたリヒトが、領域の中に入ってくる。

「リ、リヒトさん、無事だったなの……？」

「え？　どういうこと――って、なんだこの状況」

リヒトの目に映ったのは。

何故《なぜ》かうつ伏せで頭に手を置いているラエル。

何故か牙を剥《む》き出しにしているロゼ。

何故か首にナイフを当てているフェイリス。

困惑してしまうのも無理はない。

「人間にこの領域まで侵入されたなの」

「ああ、それは……話せば長くなるんだけど」

「あれ？　この人間は敵じゃないなの？」

「今のところはな」

リヒトの答えを聞くと。

ロゼは牙と爪《つめ》をしまい、フェイリスはナイフを下ろす。

唯一動かないのはラエルだけだ。

「敵じゃないなら申し訳ないことをしたなの」

「でも、味方でもないんですよね？　リヒトさん」

「そういうことになる。俺はその返事を聞きに来たんだけど」

リヒトがラエルの方に目を向けると、ビクリと面白い反応を見せる。

聞くまでもなく答えがまとまってないことは分かったが、一応という意味で現段階の返事を確認しておきたい。

「わ、私は、分からないのです……」

「ここで働くのは？」

「それは……お断りします」

「なら決まりだな」

リヒトはそう言うと、寝転がっているラエルを立ち上がらせる。

ラエルも抵抗しようとはしていたものの、無駄だと悟りそれをやめた。

逆らったとしても、このダンジョンから逃げ出せる気がしない。

自分はもう、運命を受け入れるしかないのだ。

「見逃《みのが》してもらいに行くぞ」

「へ？」

リヒトの口から出てきたのは。

ついつい聞き返してしまうほど、予想だにしない言葉だった。

＊＊＊

「つまり、ここから出ていくということでいいんじゃな？」

「それがお互いにとって最良じゃないかと思う」

ちょこんと正座させられているラエルの前で。

リヒトとアリアによって、ラエルの運命が決められていた。

明言はされていないが、恐らくラエル自身が口を出すことは許されていない。

ただじっと話の終わりを待つだけだ。

「こやつが反逆してくるリスクを増やすだけじゃと儂は思うがのお」

「そうかもしれないけど、ラエルを蘇生させたのは他でもない俺たちだよ。俺たちの都合だけで殺すって、かわいそうだと思う」

「同じ人間だから贔屓《ひいき》しているだけではないのか？」

「そういうわけじゃないはず……多分」

リヒトの最後の言葉は、どこか自信なさげだった。

そんなリヒトの提案を受けながら、アリアはうーんと頭を悩ませる。

アリアからしてみれば、ラエルをここで見逃すメリットは一つもない。

それどころか、人間たちに魔王軍の戦力を知られるデメリットまで存在している。

リヒトの言い分も分からないわけではないが、今までに自分たちはこれ以上の理不尽を繰り返してきた。

できるだけリヒトの願いに応《こた》えてあげたい気持ちと、自分たちにもたらされるデメリットがぶつかり合う。

「……うむ」

「どうだ？　アリア」

「納得したわけではないが、リヒトが言うなら仕方ないのじゃ」

「ほ、ほんとか！」

パッとリヒトの顔が少し明るくなる。

十中八九《じっちゅうはっく》――駄目という答えが返ってくるのを予想していた。

そして、それはラエルも同じだった。

（魔王ほどの存在が人間の言うことを聞くなんて……信じられないのです）

アリアに拘わらず、魔王ほどの強者になれば、他の存在を自分と対等に扱ったりはしない。

ましてや人間の言葉によって意見を変えるなど、天変地異《てんぺんちい》と言えるほどの異常事態だった。

それを成し遂げるほどの信頼関係が、アリアとリヒトの間にあると言うのか。

幻覚でも見せられているような気分だ。

「ただし条件がある。イリス、来るのじゃ」

「え？　イリスが？」

ラエルがどうなるのかを見に来ていたイリスに、この場にいる全員の視線が向けられる。

本人はただ冷やかし程度の感覚でここにいたため、まさか自分の名前が呼ばれるとは思ってもいなかったようだ。

イリスの本気で驚いている顔を見るのは、今日が初めてかもしれない。

「あー、なるほど」

「お姉さま？　どういうこと？」

「イリスちゃんの妖精が必要みたい」

隣にいるティセは、一つのヒントをイリスに与える。

そしてそのヒントは、もはや答えを言っているようなものだった。

なるほど──と、イリスも数秒遅れて納得するような仕草を見せる。

「そうじゃ、イリス。お主の妖精の中には、【忘却《ぼうきゃく》】の妖精がいたはずじゃろう」

「うん。《妖精使役》」

アリアがしたいことを察したイリスは、あれこれ言わずに一匹の妖精をラエルの元に向かわせた。

イリスが使役する【忘却】の効果を持った妖精は、その名の通り対象の記憶を消すことができる。

これがアリアの言う条件だ。

妖精はラエルの皮膚に触れると、溶けるようにして体内に消えていく。

「アリア、ありがとう」

「……今回だけじゃからな」

リヒトの感謝に、アリアは大きなため息をついたのだった。

第二・五章

永遠の聖女

「た、倒れそうなのです……」

ギリギリの空腹と戦いながら、ラエルは当てもなく知らない道を歩き続ける。

自分がどこに向かっているのかすら分からない。

そもそも、自分の記憶がある期間だけポッカリと抜けている。

まるでその時、知らない世界にポイっと放《ほう》り出されたような。

今は生きるために食料を求める毎日だ。

ずっと神に祈りながら、ひたすらに歩き続けていた。

「流石《さすが》に三日間の絶食はキツいのです……はあ」

ラエルが歩き始めて三日。

泥水をすすりながら歩いていたが、もう足が動く気がしない。

このまま野垂れ死んでしまうのか。

その懸念がいよいよ現実的になり始めてきた時間である。

せめて死ぬなら、誰《だれ》かの役に立って死にたかった。

そんな考えが頭を過《よ》ぎる。

（まず自分がどこにいるのかを把握しないと……）

近くにある大きな木にもたれかかり、ラエルは体から力を抜く。

辺りがもう暗くなり始めてきた。

真っ暗の中では歩くことができないため、今日はもう歩き納めだろう。

明日にはどこかに辿《たど》り着くことができたらいいなぁ——と、ラエルは淡い願いを込めて目を閉じる。


——そんな時。

「お父さん。人が倒れてるー」

「ほんとだー！」

「こ、こりゃ大変だ……」

目を閉じているラエルの耳に、三人分の声が届く。

どうやら倒れていると通りすがりに勘違いされたらしい。

いつもなら「寝てるだけなのです！」と飛び起きていたであろうが、今はもうそんな元気は残っていない。

うっすらと目を開けるだけでも精一杯だ。

「あんた、大丈夫か？」

「お腹《なか》……」

「え？」

「お腹が空《す》いたのです……」

「と、とにかく村に連れて帰った方が良さそうだ」

ラエルの目に映ったのは三人の人間。

屈強な男、そして息子と娘であろう子ども二人。

男が言うには、この近くに村が存在しているらしい。

一度どっしりと座ってしまったため、立ち上がろうとしてもラエルの足は言うことを聞かなかった。

それを見越した通りすがりの村人（？）によって、ラエルの体は豪快に担ぎ上げられる。

心配そうな子どもの声。

歩くたびに揺れる自分の体。

そんな中でも、何とか意識を保つのがやっとであった。


「お、おい。起きろ」

「……うぅ」

「腹減ってるんだろ？　用意したぞ」

「――ほんとなのですか！」

ぐったりとしていたラエルは、村人の一声で今までが嘘《うそ》のように起き上がる。

そして自分の目で用意された食事を視認すると、チラリともう一度村人の方を見た。

三日ぶりの食事。

駄目だと言われても強引に手を付けてしまうかもしれない。

「食べていいのですか……？」

「あぁ」

いいぞ――の言葉とほぼ同時のタイミングで。

ラエルは見たこともない形の肉を一口で飲み込む。

今のラエルの中に、遠慮という二文字は存在しない。

硬い部分が目立ち、絶品と言えるほどの肉ではないが、もはやそんなことはどうでもよかった。

「すげー食い方……」

「こ、こら、失礼でしょ」

「だってさー」

この家の姉弟は、ラエルの食いっぷりを見て呆然《ぼうぜん》としていた。

フォークでほぐしてからでないと硬くて食べられない肉を、何事もなく一口で食しているのだ。

他《ほか》にも、焼いたばかりでかなり熱い魚を、そのまま骨ごと胃袋に入れている。

とてもまともだと言える状態でない。

「本当に美味《おい》しいのです！　まるで神の救いなのです！」

「お、おう……」

「どうか名前を教えてほしいのです。私はラエルと言います」

「……ライアンだ」

「ライアンさん！　この恩は絶対に返すのです！　絶対です！」

ライアンは困ったように笑う。

ラエルのような人間はこの村におらず、どのように接していいのか分からなかった。

いつも騒がしい子どもたちも、今日は借りてきた猫のようになっている。

「そんな気にするもんじゃねえ。この村は助け合いが基本だからな」

「助け合い……なのですか？」

「そうだ。人間は助け合う生き物だからな。腹減ってる奴《やつ》がいたらご馳走《ちそう》してやるし、魔物が現れた時にはみんなで追っ払う」

「とても素晴らしいのです！」

ラエルは感動のあまりパチパチと手を叩《たた》いていた。

自分がこれまで受けてきた教えを体現したような暮らしだ。

また、ずっと自分が目指していた暮らしである。

「今度は私が助ける番なのですよ。困ったことがあれば言ってほしいのです」

「そう言われてもねえ……」

「お父さん、最近雨が降らなくてみんな困ってたよー」

「馬鹿《ばか》野郎、そんなこと言ってどうするんだよ」

弟の方が言ったのは、雨が降っていないという話。

確かにこれは本当のことだ。

多くの村人――いや、ほぼ全員がそれについて悩んでいる。

しかし、今日初めて会ったような人間に話したところで解決するわけがない。

そう全員が思っていた。

「なるほど。雨なのですね」

何か納得したように頷《うなず》くラエル。

先ほどまでとは大きく違った真面目《まじめ》な顔だ。

一体何を考えているのだろうか。

ゴクリと、ライアンはラエルの次の言葉を待つ。

「ちょっと時間が欲しいのです」

＊＊＊

「……いない」

「異常なし。魔物もしばらく出てないな」

「安全なのはいいんだが、ずっとここにいるのは暇だなぁ」

村人の男二人は、高台から村の周りを確認する。

魔物が近くにいればすぐに気付ける仕組みになっており、これまでに何度もこの高台のおかげで危機を回避することができた。

見張りは二人一組体制の交代制。

最近は魔物を見る機会が少なくなったと言えど、見張りをサボるわけにはいかない。

あと一時間はここにいる必要がある。

「――そういえば、ライアン。あの変な奴はまだいるのか？　お前が拾った人間だろ？」

「ああ、助けた日の翌日からずっとあの調子だ。何かしてくれようとしてるみたいだが……」

二人が目を向けたのは、村の中心でずっと祈るように手を組んでいるラエル。

一日中――眠ることなく、ずっとあの姿勢でいる。

試しに真夜中にラエルの様子を見に行ったが、その時もずっと祈りを続けていた。

並の精神力では成し遂げられない所業だ。

初めて会った時から何か変な人間だと分かっていたが、ここまでとは思っていなかった。

「やめるように言っても聞かないからなあ」

「別に迷惑かけられてるわけじゃないからいいだろ。邪魔しちゃいけない雰囲気だったし」

「それもそうか……しかし、まさかな」

「ん？　どうした？」

「いや、あの人がああやってるのは俺《おれ》のせいかもしれないんだ」

「お前のせい？」

「ああ。俺の子どもが、あの人に雨を降らせてくれって頼んだから」

「そりゃあ……考えすぎだろ」

そんな話をしながら、二人はラエルを眺めていた。

馬鹿馬鹿しい話であるが、何故《なぜ》か興味を惹《ひ》かれてしまう。

退屈していた日々に現れた非日常。

魔物が現れない分、視線はラエルへと釘付《くぎづ》けになり。

そこで。

二人の頭にポツリと一粒の雫《しずく》が落ちた。

「あれ……今雨が降ったような」

「え？　いや、空は晴れてるし――あ」

「降ったよな？」

もしかして――と、二人。

最初は疑問だったものの、それはもう確信に。

二人の疑惑を取り払うように、どんどんと雨は強くなっていく。

「た、大変だ」

見張りをほっぽり出して、二人はラエルの元に向かったのだった。


「お父さん！　雨が降ってるよ！」

「ああ、分かってる。それよりラエルさんを――」

家から飛び出して雨を浴びる子どもたち。

その中心には、やはりラエルがいた。

子どもでも雨を降らせたのがラエルだと分かっているらしい。

少し疲れた表情のラエルだが、子どもたちの感謝にはしっかりと笑顔で応《こた》えている。

「――あ、ライアンさん！　見張りお疲れ様なのです！」

「いや、そんなことより雨が……」

「約束通り、降らせたのですよ！」

ラエルは両手を広げ、雨で髪を濡《ぬ》らしながら空を見た。

自分たちは冗談だと受け止めていたが、どうやらラエルは本気だったようだ。

どうやったのかは分からないが、実際に雨を降らせている。

空は青く晴れているのにも拘《かか》わらず、だ。

「本当にあんたが……」

「神への信仰心があれば、こんなの朝飯前なのです！」

朝飯前――というには丸一日かかっていたような気がするが、この際そんなことはどうでもいい。

目の前で信じられないことが起こっているのには変わりないのだから。

すぐには出てこない感謝の言葉。

初めて起こる現象に、やはり感謝よりも驚きの方が勝っていた。

「こりゃあ、何とお礼を言うべきか」

「そんなのいらないのです。助け合うのが人間ですから！」

「そうは言っても流石に――」

「あ、それなら一つだけ。昨日食べた魚やお肉が食べたいのです！　お腹が空いちゃいました」

ラエルは腹ペコな様子を伝えるように自分のお腹を触る。

一日中寝ずに祈っていたのだから、空腹は当たり前とも言える現象だ。

本当なら今すぐにでも用意してあげるべきだろう。

しかし、ライアンはすぐにうんと頷けなかった。

「……悪いが、アレはもうなくなったんだ。東にある村から取り寄せてるんだが、最近揉《も》めてるらしいからもう少し先になるかもな……」

「揉めているのですか？」

「ああ。あそこは元々治安がいい村じゃないから。詳しいことは分からないが、当分は行かない方がいいだろう」

「……なるほど」

ラエルは少しだけ考える。

この状況で何を考えることがあるのか。

ライアンはその様子を不思議そうに見つめるものの、その考えを読むことはできない。

数秒後――満を持してラエルが口を開いた。

「東……ですね。ありがとうございます。今度はそこに行ってみたいと思うのです」

「ほ、本気かい？　俺が言うのも何だが、美味《うま》い飯ならこの村にいくらでもあるぞ？」

「いやいや！　ご飯が目的じゃないのです！」

忠告にも似たライアンの言葉。

東の村が劣悪な環境であることを知っているからこそ、ラエルを止めようとしている。

しかも、揉めている最中の今は最悪のタイミングと言ってもいいだろう。

考えれば考えるだけ、おすすめできるような村ではない。

最悪の場合はラエルにも危害が加えられる可能性も。

ライアンとしてはできれば引き留めておきたかった。

が。

しかし、そんなものでラエルの気持ちは変わらない。

そこまでしてこの前の肉や魚が食べたいのか――とも考えたが、どうやら本心はそうではないらしい。

まるでこれからの生きがいを見つけたかのように。

むしろやる気が溢《あふ》れているかのようだ。

「やっと気付きました。私の役目は人助けです。困ってる人たちがいるなら、助けないといけないのです」

「そうか……それは止めることができないが」

でも――と、ライアンは付け加える。

「今日は休んでいきな。疲れてるだろ？」

「い、いいのですか？」

「馬鹿なことを言うんじゃない。そんなボロボロじゃ安心して送り出せねえよ」

ライアンはそう言うと、子どもが持ってきたタオルをラエルに被《かぶ》せる。

そして、ぐしゃぐしゃと濡れている髪を拭《ふ》いた。

今からラエルを送り出せるわけがない。

まだお礼もできていないのだから。

「ほら、雨が止《や》んでからでも遅くないだろ？」

こうして。

ラエルの新しい旅は始まることになる。

その後、永遠の聖女として多くの人間から崇《あが》められるようになるのはまた別のお話。

第三章　魔女

「……国王様。最近魔王たちの動きが活発になっているようです。エルフの国と繋《つな》がることにも失敗しましたし、ラトタ国もあの後連絡はありません」

「……そうか」

不満げに漏れる国王の声。

他国との関係が思うようにいってないのにも拘《かか》わらず、東西南北の魔王たちの動きはどんどん活発になっている。

それだけでなく、謎《なぞ》のダンジョンによって冒険者たちは大きな被害を被《こうむ》っていた。

ガイトを始めとした優秀な冒険者は、誰《だれ》一人ダンジョンから帰ってきていない。

おおよそ最悪とも言える展開だ。

戦力を失ってしまっただけでなく、自国の冒険者たちからの印象も悪くなっている。

共に戦ったラトタ国と話し合おうともしたが、都合が合わず断られる日々が続いた。

呪《のろ》われているのではないかとさえ思える状況。

どうにか現状を打破するためにも、何か策を練らなければならない。

「ラトタ国と連絡は？」

「それが、ラトタ国の女王は当分時間が取れないと告げられました……妙に余裕があるようで、我々には理解できません……」

「……うむぅ」

一体何が起きているのか。

多数の冒険者を失ったのは、ラトタ国も同じであるはずだ。

むしろ、冒険者を重視しているのはラトタ国の方だったはず。

普通なら率先して話し合おうとするべきである。

女王の考えていることが全く理解できない。

「まさかここまで死者が出るとは……蘇生《そせい》できる者がいればダメージは少なかったかもしれませんが――」

「――馬鹿《ばか》なことを言うな！　生命を操る能力など危険すぎる。人間だけでなく、様々な種族を巻き込んで戦争が起きる可能性だってあるのだぞ。あいつはあの時処刑しておいて正解だったはずだ」

「す、すみません！」

国王は怒りの感情をあらわにして部下を叱責《しっせき》する。

確かに死者を蘇生させる能力があれば、今回のダメージは少なかったかもしれない。

しかし、その能力が原因で引き起こされる戦争の方が何倍もダメージは大きいだろう。

死者蘇生の能力を隠そうとしても、他国にバレるのは時間の問題だ。

ならば、その争いの芽を摘むという意味でも、国王の対応に間違いはなかった。

「……はぁ、こんなことを話していても現状は変わらない。どうするべきか……」

「やはり人間よりも力を持った種族の力を借りるしかないのでしょうか……」

「話が通じるような種族がいればいいのだが……選べる立場でもないのかもしれん。一応調べておいてくれ」

「か、かしこまりました」

魔王まで動き出した今、人間の間だけで解決できるほど簡単な問題ではないらしい。

魔王に対抗するあらゆる種族。

それらが結託するべき時代がきたのだ。

共通の敵が現れたのであれば話は早い。

人間たちの安全を守るために、一歩だけ踏み出したのだった。


「おい、国王様に提出する資料は完成したのか？」

「すみません……もう少しです。いくつかの案はまとまったのですが」

「あんまりゆっくりしている時間はなさそうだぞ。国王様は急いでおられる。どんな案があるんだ？」

深夜三時頃《ごろ》。

徹夜で作業をしている調査員の元に、一人の兵士が声をかける。

次にレサーガ国がコンタクトを取る相手を選んでいるが、その資料はなかなかまとまらない。

スピードを意識して質を下げるのは論外だが、そうは言っていられないくらいに時間が惜しい。

日に日に調査員に対する催促も多くなっていた。

「一つは、かつて我々に害がないとして放置していた魔女です。話は通じると思うので、それなりの対価を出せば協力してもらえる可能性が高いと思われます」

「……なんだ。かなり良い案じゃないか。どうしてそれで提出しないんだ」

「はい……やはり魔女というだけあって信用できません。あれは、自らが望んで人の道を踏み外した存在です。これまでに数百人を使って人体実験をしたという噂《うわさ》もあります。魔族と人間――どちらについてもおかしくないかと」

調査員は、兵士を怒らせないよう丁寧にデメリットの説明をする。

真っ先に挙げられるデメリットとしては、信頼関係の築きにくさが挙げられた。

話が通じるメリットはあるものの、それ以上に裏切られることも考えなくてはならない。

特に人間側より魔族の方が優勢となった場合が問題だ。

魔女が人間たちを虐殺し、何食わぬ顔で魔族側に寝返る未来が容易《たやす》く想像できる。

これらのデメリットを考えると、国王に提出する前に足踏みしてしまうのは必然とも言えた。

「んー……それなら、いっそ力で支配してしまえば良いのではないのか？」

「それは不可能に近いと思われます。もし敵対することになった以上、我々が受けるダメージも馬鹿になりませんし、そもそもそんなことに時間を割いている暇はありません」

「そうか……それなら交渉次第ってことだな。魔女が対価として何を求めてくるのかは不明だが、多少は目を瞑《つむ》るしかないか」

兵士は不服そうに状況を飲み込む。

かなり魔女に譲歩する形になるが、戦場での活躍を考えるとまだ何とか許容できる範囲だろう。

最終的に決断する権利は国王にあるが、切り札と考えるなら最適な存在なのかもしれない。

「とりあえず、この案は国王様に提出するとしよう」

「よ、よろしいのですか？」

「提出するだけだ、まだ決定するわけではない。我々だけで悩んでいる時間があるなら、国王様に判断してもらった方がいいだろう？」

「……分かりました。今はその案だけでお願いします。もう一つはまだ悩まなければならないので」

こうして、翌朝には国王の元に資料が届けられることになる。

この案が承認されるまでに、時間はほとんどかからなかった。

＊＊＊

「リヒトにドロシー、仕事じゃ。準備しろ」

「え？」

午後の休憩中。

リヒトとドロシーの元に、何の前触れもなくフル装備のアリアが現れた。

いつもの鎧《よろい》のような服に、禍々《まがまが》しいマント。

アリアは完璧《かんぺき》に出発する準備が整っている。

この様子だとどうやら外の世界に出かけるようだが、二人は一切このことを知らされていない。

理不尽なほど唐突な命令だが、文句を言うだけ無駄な抵抗だろう。

そんなの聞いてないぞ――という言葉を飲み込んで、二人はゆっくりと立ち上がる。

「仕事って、一体何をすればいいんだ？」

「簡単じゃ。儂《わし》に付いてこい。少し離れた場所にはなってしまうがな」

ガリガリガリと。

木で作られた机に、アリアは爪《つめ》を立てて簡単な地図を描《か》く。

現在地と目的地の距離感を、適当ながらも伝えたいらしい。

それはかなりアバウトなものであったが、何も教えてもらえないよりは何倍もマシだ。

「あれ、魔王様？　この辺りって、確か森じゃなかったっけ？」

「ほお。その通りじゃ、鋭いな」

「ここに目当てのものがあるとしたら………ダメだ、想像できないや」

ドロシーが鋭い指摘をしたまでは良かったものの、残念ながら最終目的まで到達することはできなかった。

リヒトも陰ながら想像しようとしていたが、全くそれらしい答えは出てこない。

そもそもアリアの頭の中を想像すること自体が無謀だと言えなくもないが、それを言ってしまったら真面目《まじめ》に答えを当てようとしているドロシーに失礼だ。

アリアもあまり答えを出し惜しみする性格ではないため、簡単にアリアの口から発表されるこ

とになる。

「この森の中に魔女が住んでおるようじゃ。そいつに会いに行く」

「ま、魔女？　急にどうしたんだ？」

「いや、この前聖女を逃がしてしまったじゃろ？　それが地味に痛かったのじゃ。勢力拡大の当てが一つパーになってしまったのじゃからな」

「うっ……」

ドキリ――と、リヒトの心が痛む。

聖女を逃がすように仕向けたのは、他《ほか》の誰でもないリヒトだ。

デメリットまみれの提案をアリアは渋々納得してくれていたが、今考えたら申し訳なさしか残らない。

別にアリアはリヒトを責めるつもりでこの話をしているわけではないだろうが、それでも気にしてしまうのは仕方がなかった。

「その……ごめん」

「謝らなくてもよい。最終的にその決断をしたのは儂じゃからな」

「……取り返せるように頑張るよ」

あくまで自分の責任だということを主張するアリアだが、それでリヒトが納得できるわけがない。

今のリヒトにできるのは、聖女を見逃《みのが》してしまった分を取り返すことだけ。

ドロシーも話の流れからその事情を察したようだ。

「――さて。もう全部話してしまったようなものじゃが、魔女を儂らの軍勢に取り込むことが目的じゃ。別に戦うわけでもないし、話し合いで全《すべ》てが終わるじゃろう」

「なるほど。ボクたちを連れていくのも、似た種族同士で話し合わせるためってことなんだね」

「別に近くにいたから選んだだけじゃ」

「そ、そうなんだ……」

意外と単純だった選択理由に、ドロシーは少しだけ肩を落とす。

アリアからの信頼を得られたと喜びそうになったが、それは不発に終わってしまった。

しかし、それもあくまで僅《わず》かなもの。

リヒトに損失分を取り返してもらうためにも、ドロシーは全力でサポートをするだけである。

「あ、ボクは特に準備の時間は必要ないよ。リヒトは？」

「俺《おれ》も今から行ける」

「ほう。感心じゃな」

アリアは頷くと、ぴーーーーと下手《へた》くそな指笛を鳴らす。

「ちなみに、足はロゼが魔獣を用意してくれたのじゃ」

「今の変な指笛で来るのか？」

「耳が良いからな」

と、話している間に。

ロゼが修理したばかりの扉を、ロゼによって眷属《けんぞく》化された魔獣が見事に突き破って現れたのだった。

……後でロゼがまた修理する羽目になったのは言うまでもない。

＊＊＊

「ここじゃな。一人で住んでいるにしてはやけに大きい屋敷じゃが」

「……趣味が良いとは言えないな」

「そう？　ボクは好きだよ、こういう屋敷」

アリアの情報に従って訪れた地には、廃墟《はいきょ》と勘違いしてしまいそうな屋敷が一つ存在していた。

外壁は謎の植物が絡みついており、できるだけ屋敷の中に日光を入れないようにしている。

いかにも魔女が好みそうな環境だ。

ついでに、ドロシー好みの環境でもあるらしい。

魔女とネクロマンサーで何か惹かれ合うものでもあるのだろうか。

リヒトには分からないが、ドロシーの趣味にとやかく言うつもりもないため、価値観の違い程度の認識にしておく。

「……もう中に入るのか？」

「当然じゃ。喧嘩《けんか》をしに来たわけじゃないのじゃからな。堂々と正面から入るぞ」

そう言って扉に手をかけると、まるで誘い込まれているかのように自動で開く。

セキュリティ能力のかけらもない扉であるが、罠《わな》でも仕掛けてあるのだろうか。

いや、逆に仕掛けられていない方がおかしい。

それをリヒトが伝えようとした時。

足元で硬い金属音が鳴った。

「え？」

「ん？」

アリアは違和感を覚えた足元を見る。

そこにあったのは——いや、存在していたのは。

魔物と呼べるほどでもなく、かと言って雑草と呼べるわけでもない。

そんな、何故《なぜ》か牙《きば》が生えている植物だった。

「何じゃこれ」

「ア、アリア……痛くないのか？」

「そりゃあ、牙が貫通しておらんからのお」

アリアは自分のブーツに噛《か》み付いている植物を、豪快に掴《つか》んで顔の高さまで持ってくる。

根っこはグロテスクに動き、断末魔のような鳴き声を上げている。

かなりの握力で掴んでいるせいなのか、それとも引き抜かれたダメージが大きいせいなのかは分からないが、もうじき死んでしまいそうなほど苦しそうだ。

「ドロシー、この植物を知っておるか？」

「えっと。昔図鑑で見たような気がするけど、確か既に絶滅してるはずの植物だったような……」

「ふむ。確かに魔女らしい遊びじゃな」

アリアはその植物を床に落として踏み潰《つぶ》す。

これまでと同じく、やはり興味がなくなったものに対しての扱いは荒かった。

アリアからしてみれば、この植物もそこら辺の雑草と何ら変わりはない。

ちょっともったいなさそうにドロシーがその光景を見ていたが、当然それも気にすることはない。

「喧嘩するつもりはなかったが、もしかしたら戦いになるかもしれぬな。嬉《うれ》しいのじゃ」

「嬉しいのかよ」

「む。いかんいかん。うっかり本音が出てしまったのじゃ」

と、アリアは少しだけ上機嫌になって前に進む。

攻撃（?）されたことでスイッチが入ってしまったのか。

このスイッチが入ってしまったら、なかなかオフにすることができない。

ロゼのようにアリアの扱いになれているのならば話は別だが、リヒトたちではその役割をこなすことはできないだろう。

「とにかく魔女を探すぞ。戦いになればその時はその時じゃ」

「あ、でも魔王様。そんなにずかずか進んでいったら――」

「――ん?」

ドロシーが警告した直後。

アリアの太ももに、一本の矢が見事突き刺さる。

唯一アリアにダメージを与えられる箇所。

トラップであることに間違いはなさそうだが、たまたまアリアの鎧で守られていないところに当たったというわけではなさそうだ。

リヒトの目が正しければ、矢は直線ではなく的確に太ももを狙《ねら》って曲がっていた。

まるでアリアに意志を持って攻撃しているような――そんな不思議な感覚である。

「ま、魔王様！　大丈夫⁉」

「うむ。別に痛いだけじゃ」

「それは大丈夫と言わない気が……」

「構わん。ダメージはない」

それより――と、アリアは矢を引き抜く。

「この矢、変な動きをしておったよな？」

「アリアも気付いてたのか」

「まあな。発射されたのはあそこからじゃが……誰もおらぬし、そもそも弓すらない」

アリアが指をさした先には、文字通り何もない。

人も弓もなく――矢が勝手に動き出したということだ。

「あ、ボク聞いたことがあるかも」

アリアの疑問に、口を開いたのはドロシーだった。

「ボクが人間界にいた時には、武器とかに意志を吹き込んで戦わせている人がいたよ。例えば、剣が勝手に宙に浮いて敵を斬《き》りつけたりとか、それこそ矢を自由自在《じゆうじざい》に動かして命中させたりとか」

「なるほど。まあ、魔女ならそれくらいのことはできるじゃろうな」

「ちなみに、ボクも家具を動かしたりすることはできるよ。巷《ちまた》ではポルターガイストって名付けられてたり、名付けられてなかったり」

えっへんと、ドロシーは少しだけ胸を張る。

実際にドロシーのやっていることは、死霊を使って動かしているだけであるため、魔女の使う意志を吹き込むものとは違う気がしないでもないが、それは言わない方が良さそうだ。

アリアも「やるではないか」とドロシーを褒めているため、リヒトはぐっと口を閉じる。

「さて。儂も攻撃されたことじゃし、やり返しに行くとするか」

「待て待て。目的が変わってきてるぞ。味方につけるんじゃなかったのか」

「そんなの蘇生させた後でも遅くないじゃろ」

「どう考えても手遅れだよ！」

リヒトは何とかアリアをなだめながら、当初の目的を思い出させる。

このまま自由にやらせていたら、絶対に魔女と戦うことになっていたはずだ。

リヒトは聖女の時の失敗を取り返さなければならないため、こんなところで失敗してはいられない。

絶対に成功させる。

そう強く心に刻んでいた。

「う、うむ。リヒトが言うなら我慢してやるのじゃ」

「ありがとう」

「とにかく、このトラップだらけの屋敷を乗り越えて魔女に会わないとね」

ドロシーはクルクルと杖《つえ》を回し、数体の死霊を呼び出す。

一体何をしようとしているのか――それは考えるまでもなく分かった。

ボンと二階から爆発音。

ピギャーとどこかから聞こえてくる断末魔。

ガシャンと割れるガラス。

そして謎の悲鳴。

どれも一分もしないうちの出来事である。

「……これで大体のトラップは掃除できたかな。魔女には悪いけど」

「こういう時でも死霊は使えるものなのじゃな」

「これくらいの仕事がちょうどいいのかもね――きゃ!?」

と、ドロシーが一歩踏み出したところで。

ずぼっと綺麗《きれい》に床が抜ける。

「いたた……」

「こ、これもトラップか?」

「いや、ただ古くて床が抜けただけだと思う……」

恥ずかしそうに茶色の髪で顔を隠しながら、ドロシーは足を取られた状態から起き上がる。

トラップを予測することはできても、偶発的なものは予測できないらしい。

笑ってはいけないと分かっているものの、少しだけ頬《ほお》が緩む。

「……リヒト、今笑ったでしょ」

「……いや」

「後で覚えててね」

死霊の手が後ろからリヒトの肩に触れる。

触られた部分が僅かに冷たい。

結局、恐怖で振り向くことはできなかった。

「そ、そんなことより早く魔女のところに行かないと」

「……そだね、逃げられても困るし」

「ドロシー、どこにいるか分からぬか？」

「えっと、最上階じゃないかな。トラップも最上階だけは妙に少なかったし」

ドロシーは死霊を駆使して、大体の魔女の位置を伝える。

一応まだ攻撃を仕掛けているわけではないが、何度も大きな音を立てているためほぼ確実に気付かれているだろう。

これからどのようにして上の階に行くのかが問題だ。

魔女が待ち構えているのであれば、言うまでもなくこちら側が不利になる。

ここから先は、今まで以上に慎重にならなければいけない。

そんなことを考えていた時だった。

「ちょ、魔王様！」

アリアは堂々と階段を上っていく。

何も警戒している様子はない。

まるで自分の家の階段のようだ。

「付いてくるのじゃ。二人とも」

「だ、大丈夫ですか……？」

「面倒なことは苦手でな。それに、ドロシーの死霊が一度通った道なのじゃろ？」

「あ、ありがとうございます……！」

アリアはあえてドロシーの名前を出す。

それは、ドロシーにとってこれ以上ないほど嬉しいことだった。

ドロシーの死霊を信じているからこそ、警戒せず自由に動けるということ。

そう言われているような気がして、ドロシーはついつい感謝の言葉を口にする。

「……って、本当に何もしてこんな。どうなっておるのじゃ」

「まだ寝てるとか？」

「いや、さっき何か爆発しておったじゃろ。あれで気付かないはずが――ん？」

三人が階段を上り切ると。

最上階には、たった一つの部屋しか存在していなかった。

しかも、その部屋の扉は完全に開放されている。

「まさかな……」

アリアはチラリと部屋の中を覗《のぞ》く。

相手が相手なら、首から上がなくなってもおかしくないほど軽率な行為だ。

リヒトがいる前提での行動だったが、やはり何も起こらない。

そして、何も起こらないままに魔女を発見した。

「……儂がマヌケじゃったな」

リヒトの予想通り。

そこには、ベッドの中ですやすやと眠っている魔女がいた。

少し大きめの服にピンクのふわっとした髪。

間違いない。

「アリア、どうしたんだ？」

「いいから来い、リヒト。ドロシーもじゃ」

アリアは呆《あき》れたように部屋の中に入る。

リヒトとドロシーはその行動に驚いた様子を見せたが、すぐ命令に従うようにしてそれに続いた。

「やれやれ、警戒心のかけらもない奴《やつ》じゃ」

アリアが隣にまで近付いても、肝心の魔女は全く目覚める気配がない。

ピンク色の髪に、人形のように整った顔立ち。

どこか平和ボケした雰囲気も感じ取ることができる。

少なくとも人間の域を超えてはいなさそうだ。

最初のトラップで警戒心を高めていたが、本体はあまりにも貧弱だった。

「おい、起きるのじゃ」

「――うーん」

仕方なくアリアが声をかけても、魔女は目を覚ますことはない。

それどころか、深く布団の中に潜り込んでしまう。

少しだけ募るイライラ。

たまにロゼに目覚ましを頼むことがあるが、その時のロゼもこれと同じような思いをしているのか。

悪いことをしたなぁとアリアは心の中で謝っていた。

「いい加減にせんか」

「――うぅ」

アリアは、魔女がくるまっている布団を素早く取り上げる。

しかし、それでもまだ魔女が目覚めることはない。

イリスに勝るほどの寝起きの悪さだ。

ティセはどのようにしてイリスを起こしていただろうか――そんなことを思い出しながら、じっとアリアは魔女を見つめる。

「もう知らんぞ!」

見つめていた――が。

何も有益な情報を思い出せなかったアリアは、観念して魔女が寝っ転がっているベッドをひっくり返す。

人間の体は豆腐のように脆《もろ》いため、怪我《けが》をさせてしまう可能性は十分にあった。

それでもリヒトがいれば問題ない。

ベッドの向こうで、ゴツンと地面に頭をぶつける音が聞こえてくる。

「……痛い、誰」

透き通るようにか細い声。

ようやく目を覚ましたらしい。

あまりにも貧弱そうな雰囲気であるため、アリアの心にも罪悪感が生まれてしまう。

魔女はアリアたちの方には目もくれず、ピンク色の頭を押さえていた。

「魔女がいると聞いてやって来たのじゃ。どうする？　追い返すために戦うのか？」

「……よく分からないけど人間じゃないの？　人間からの使者だと思ったけど……」

「使者？　リヒト、どういうことじゃ？」

「いや、俺に聞かれても分からないよ……」

お互いに会話が噛み合わない状況。

先に動いたのは、何とか寝起きの頭が回り始めた魔女の方だ。

近くにある机の引き出しから、一枚の手紙をアリアに手渡す。

その手紙には、見覚えのある国のハンコと共に、力を貸してくれという旨の内容が綴《つづ》られていた。

「……アナタたちはこの手紙の人とは別人？」

「別人じゃな」

「……分かった」

そう返事すると、魔女はひっくり返ったベッドを戻そうと背中を見せる。

「ちょっと待つのじゃ。また寝るならこの屋敷を吹き飛ばすぞ」

「……それは駄目だから起きる」

アリアが屋敷を人質に脅すと、ピタリと魔女の足が止まる。

流石に屋敷を破壊されては困るようだ。

半開きの目でアリアの顔を見つめていた。

「それでいいのじゃ。それよりさっきの手紙の話なんじゃが」

「……私も聞きたいことあるのに」

強引に話を自分のものにするアリア。

まだまだ今の状況が読めない魔女だが、これ以上質問も許してもらえない。

魔女は不満そうな顔をしながら、アリアの話に耳を傾けたのだった。

「アリア、この手紙って……」

「分かっておる。さて、この手紙が来たのは最近のようじゃが、お主はまだ返事を返しておらんのじゃろ?」

「……そう」

アリアは、手紙に記されている日付を確認しながら問いかける。

本来ならわざわざ人間のことなどを追及したりしない。

これっぽっちも興味がない存在であるからだ。

しかし、リヒトがいる今は無視することもできなかった。

ましてや、リヒトの出身国であるレサーガ国の動きである。

リヒトは隣でゴクリと魔女の言葉を待つ。

「ちなみに、レサーガ国に協力する旨の内容じゃが、どういう返事を返すつもりなのじゃ？」

「……報酬も良いし、休みも多いし、引き受けないなんて有り得ない。今まで手紙をくれた人たちの中でも最高。靴だって舐《な》めちゃう——これでいい？」

「ふむ、分かったのじゃ。となると、お主は儂らの敵じゃな」

「……え？」

アリアを見ていた魔女の目の色が変わる。

目の前の子どもは何を言っているのか。

敵？　レサーガ国の？

まるで冗談のような話であるが、アリアからは全く冗談のような気配は感じられない。

うん——と答えてしまえば、そのまま攻撃してきそうな反応だ。

というか、先に自分の心境を語ってしまったため、今さらしらばっくれることもできなかった。

もう戦うしか道が残されていないのかもしれない。

この段階でどれほどの戦力差があるのかは不明だが、三対一の状況でも上手《うま》く魔法を駆使して戦えば何とかなるだろう。

そして、ここで勝利すればレサーガ国からの待遇ももっと良くなるはずだ。

魔女は心の中で自分を鼓舞する。

頑張るぞ、と。

「名乗るのが遅れたが――儂は魔王じゃ。別に今からお主を殺すつもりはない。次に会うのは戦場になるじゃろうな」

「へ？」

そんな魔女の心をへし折るかのように、目の前の子ども――いや、魔王は自分の正体を告げる。

魔王だなんて馬鹿馬鹿しい――なんて気持ちにはならない。

後ろにいる二人の人間も、かわいそうだなぁという目で自分を見ていた。

恐らくこの子どもが言っていることは本当だ。

目の前の子どもは魔王であり、実際に自分を殺そうとしている。

何なら、殺意が魔王の体から少し漏れちゃっている。

そうなった時、取るべき行動は一つ。

「ま、待って……！　魔王ってどういう――ううん、そんなことより敵になるって本当？」

「本当じゃ。何もおかしな話ではないじゃろ。お主は儂らと敵対する組織に入ろうとしておるのじゃから」

「…………」

魔女の言葉が途切れる。

このままではマズい。

どうしよう……寝起きの頭で必死に考えていた。

少なくとも。

このまま魔王の敵になるということだけは悪手と考えて間違いはないはずだ。

「――てない」

「？」

「私はまだ――人間の話を引き受けてない」

最終的に導き出したのは、自分でも分かるほど苦しい言い訳。

確かにまだ人間の話を引き受けていないのは事実だ。

返事の手紙はまだ送っていないのだから――という理屈。

しかし、先ほど自分でベラベラと――なおかつ敵の前で人間側につくと決意表明してしまった。

もはや自分の意志の情けなさをアピールしているようなものである。

こんな虫のいい話があるわけない。

悪あがきと言っても過言ではないだろう。

「うむ……それもそうじゃな。すまんすまん」

（……え？）

予想外の反応。

どういうわけか、アリアは納得するように頷いていた。

困惑する自分を見て楽しんでいるのか。

そんな考えも浮かんだが、当の本人は自分の反応など全く見ていない。

ならば本当に納得した？　あの理屈で？

「変に威嚇《いかく》して悪かったのじゃ」

「え……アリア、それでいいのか？」

「リヒト。魔王様の判断なんだから、ボクたちが納得してなくても関係ないよ」

「……まあそうだけど」

と、二人の人間の会話。

やはり三人全員が納得しているわけではなさそうだ。

「あ、あの、ちょっと待って……！」

「何じゃ。さっき待ってやったばかりではないか」

「そ、そうだけど……えっと、整理したい」

「ん？　まだ何か話すことがあるのか？　って押しかけたのは儂の方じゃが」

「まだまだ話はたくさんある——本当にアナタが魔王だったのなら」

「それなら仕方ないな」

やれやれと振り返るアリア。

魔女が眠っているところを邪魔したのは他でもない自分自身だ。

それで相手の話を無視するほど冷たい性格ではない。

「いかにも——儂は魔王アリアじゃ」

「……私はミズキ。アリアって名前は聞いたことがない」

「うむ……まあそうじゃろうな」

魔女であるミズキは、アリアという名前を頭の中から探す。

しかし、自分の記憶に目の前の魔王は存在していなかった。

アリアがそのことに対して渋々納得していることから、何か事情があるのかもしれない。

その事情をミズキが知ることはないが、怒りの感情を向けられなかっただけマシであろう。

「……本当に魔王だと信じていいの？」

「別に疑いたいのなら疑えば良い。お主が人間側についたら、真偽はすぐに分かるじゃろうがな」

「し、信じるから。信じるからもう少しだけ待って」

ミズキは瞬時にこれからの最適な行動を考える。

このまま魔王と何も関係を持つことなく別れるのか。

それとも、今のうちに何かしらの関係を持っておくべきなのか。

場合によっては、魔王の下につくという選択肢だって存在していた。

「ハッキリせん奴じゃな。言いたいことがあるなら言えばいいじゃろうに」

「うっ………私も魔王の下についておきたい」

「最初からそう言うのじゃ」

決断を迫られたミズキは、咄嗟《とっさ》に考えていたことを口に出してしまう。

もう後戻りすることはできない――それでも、自分が間違っているというつもりもない。

これから魔王に怯《おび》える日々を過ごすならば、最初から下についておいた方が何倍もマシだ。

人間側に未練がないわけでもないが、魔王側につかないデメリットが大きすぎた。

「なかなか良い選択じゃと思うぞ。儂は賢い者が好きじゃ」

「……どうも」

アリアから見られるのは嬉々《きき》とした表情。

少なくとも怒りの感情は見られない。

むしろ、最初より幾分かフレンドリーになってるように思えた。

「ミズキ。お主はこれから儂の下僕ということじゃな。困った時に面倒くらいは見てやるのじゃ」

「……例えば？」

「襲われておるなら助けてやる。死んだ時には生き返らせてやるのじゃ」

「……良い条件。ありがとう」

アリアから提示されたその内容に、文句をつける箇所は何一つなかった。

人間たちの条件とは違い、大胆かつ分かりやすいものだ。

最初に人間たちに提示された条件が霞《かす》んで見える。

「魔王様、これで目標は達成したんだよね？」

「そうじゃな。意外と早く終わったのじゃ」

「あまり活躍はできなかったけど、まあ成功して良かったよ」

「そう言うな、リヒト。お主は心強かったのじゃ」

アリアとミズキの交渉を邪魔しないようにしていたリヒトとドロシー。

その話が終わったことを確認して、ドロシーはアリアに話しかける。

想像以上に早く、そして簡単に終わってしまった。

ドロシーやリヒトの視点から見ても、ミズキは最善の選択をしたと思える。

これでもし敵対する道を選んでいたら、目も当てられないことになっていただろう。

「さて、それじゃあ人間たちに対立する手紙でも送ってほしいのじゃが」

「――あ、魔王様。その必要はないみたいだよ」

「ん？　どういうことじゃ、ドロシー？」

「外を見て」

ドロシーに促される形で、アリアは窓から外を覗く。

そこには、鎧を着込んだ数人の人間が立っていた。

明らかにここに迷い込んできたような様子ではない。

彼らが何者なのかは一瞬で理解できる。

「絶好のタイミングじゃな。あやつらはお主に用があるのじゃろ？」

「……多分。私と話をしに来たんだと思う」

「クク、ちょうどいい。今からお主が、あの人間たちを魔法で焼き払ってみろ」

「え」

ピタリと止まるミズキの体。

恐る恐る隣にいるアリアを見ると、本気で自分に命令していることが分かる。

ここで忠誠心を見せろ――そう言っているような気がした。

「……私があの人たちを殺すってこと？」

「他にどういう意味があるというのじゃ。お主の初仕事じゃぞ。思う存分力を見せてみろ」

「………………分かった」

一縷《いちる》の望みにかけてもう一度聞き返したが、やはりアリアの命令が変わることはない。

人間を殺すレベルの魔法ならいくらでも覚えている。

外にいる人間たちの人数であれば、初級の魔法でも簡単に焼き払える規模だ。

それでもなかなか行動できないのは、自分の手で人間を殺さなくてはいけないという罪悪感。

これまでは、トラップなどを駆使して自分の手を汚さないようにしてきた。

ほとんどの侵入者は自分の知らないうちに駆除されている。

しかし、今回はそういうわけにいかなかった。

魔王の下につくことを選んだのは自分自身であるため、拒否することはどうしてもできない。

ふぅ――と一呼吸置いてミズキは覚悟を決める。

「アナタたちはここで待っててほしい」

「そうか。ではそうするのじゃ」

アリアはそう言うと。

人間たちを一望できる窓に移動し、もたれかかるようにして頬杖《ほおづえ》をつく。

あくまでその一部始終《いちぶしじゅう》を見届けるつもりらしい。

今から死ぬであろう人間たちを見て、ニヤニヤとした表情を浮かべていた。

「……はぁ」

それに対して憂鬱《ゆううつ》そうな表情を浮かべるミズキは、ため息をつきながら階段を下りて人間たちの前に出る。

これから自分の手で人を殺《あや》めると考えると、いつもの平和な日常が恋しく感じてしまった。

トラップが暴発し、何故かボロボロになっている部屋を気にする余裕もない。

（人に向けて魔法を放つなんて初めてなんだけど……肉が飛び散ったりしたら嫌だなぁ）

考えれば考えるほど、ミズキの足取りは重くなっていく。

どうしてこんなことになってしまったのか。

その心にあったのは、形容しがたい後悔の気持ちだ。

今回だけ今回だけ——と足が震える自分に言い聞かせて扉を開けた。

「ミズキ殿であられますか？」

「……どうも」

「私たちはレサーガ国の使者でございます。先日お送りした手紙の返事を伺いに参りました。まだ考える時間が欲しいというなら待つことができますが——いかがでしょうか？」

ニコニコと愛想よく振舞う使者と名乗る男。

挙動不審なミズキを前にしても、特に表情を変えることはない。

ミズキに配慮してのことか、判断する猶予すら与えてくれている。

「えっと……その」

チラリとミズキは窓から眺めているアリアの様子を窺《うかが》う。

やはり自分には無理だ——その思いを無意識のうちに伝えたかったのかもしれない。

もしかしたら、許してくれるかもという淡い希望も微《かす》かに存在していた。

しかし。

その目に映ったのは、それらを嘲笑《ちょうしょう》するような冷たい笑顔だ。

人間たちを単なる暇つぶしの道具としか考えていない。

ミズキに人間たちを殺すよう命令したのも、きっとただの思い付きなのだろう。

何よりも恐ろしかったのが、ミズキ自身も暇つぶしの道具の一部として見られていたことだった。

「ごめんなさい」

「え――ウオオオォォァァ!?」

そう呟《つぶや》くと、ミズキは気まずそうに顔を背けながら人間たちに手をかざす。

最初の餌食《えじき》となったのは、ニコニコと愛想よくしていた男である。

青い炎の渦《うず》が、男の悲鳴をかき消すように包み込む。

数秒後には黒焦げの死体が一つ出来上がった。

「な、何をするんだ!?」

「貴様、許されると思うなよ！」

「……本当にごめんなさい」

ミズキがそう謝ると、眩《まぶ》しい光が兵士たちの目に映る。

その正体は、直後に聞こえた大きな音と、もう一つできた仲間の黒焦げ死体によってすぐさま判明した。

雷だ。

大木すら破壊してしまいそうな威力に、人間一人をピンポイントに狙うことができる精密なコントロール。

どうやっても勝てるわけがない。

その落雷は、残り一人の兵士になるまで続く。

「く、来るな！」

「……」

たった一人残された兵士に、ミズキがジリジリと近付く。

それは、近距離を苦手とする魔女にしては有り得ないほど近い。

反撃されることを考えていないのか――否。

兵士はもう反撃なんてできないと分かっているのであろう。

「待って。話を聞いて」

「はあ……!?」

今日何度言ったかすら分からない「待って」の言葉。

兵士は意味不明と言わんばかりの顔でミズキを見ている。

兵士の立場に立ってみたら、仲間を殺した化け物が今さら話し合いをしようとしているのだ。

困惑するのも無理はない。

それを理解しているからこそ、ミズキは精一杯伝わるように言葉を選ぶ。

もうこれ以上無駄な死者を出さないために。

「……私は魔王によって操られています。人間の皆さんは私にもう関わらないほうがいいです
――このことを上の人に伝えてくれるならアナタは殺しません」

「こ、この化け物が！」

「――ぐぇっ！」

ミズキの腹部を蹴《け》り上げると、兵士は一目散にその場から逃げ出す。

今話された内容の通り、国王に失敗を伝えるためだ。

もう二度とここに近寄るべきではない。

魔女の言うことが本当なら、既にここは魔王の縄張りとなっているということである。

絶対にこの情報を持ち帰るため、兵士は人生で一番の全力疾走を見せた。

そして、あっという間にその兵士は姿が見えなくなる。

これなら、アリアも追いかけて殺そうとはしないはずだ。

「いったいなぁ……」

兵士に蹴り上げられたお腹《なか》を触りながら、ミズキはズキズキとした痛みに不満を吐き捨てる。

一人の兵士だけ生きて帰したのは計画通りだが、まさか蹴ってくるとは考えてもいなかった。

久しぶりに与えられた痛みであるため、なかなかその感覚が消えることはない。

とりあえず今は、顔を傷付けられなかっただけマシと考えておく。

「――おいおい。一人逃げてしまったではないか」

「ミズキさん、大丈夫？」

「……うん。大丈夫」

「なら良かった……派手に蹴られてたからね」

ミズキと人間たちの一部始終を見ていたアリアは、小さな体を利用して直接窓から飛び降りてくる。

リヒトはその隣で兵士の死体を睨《にら》み、ドロシーはダメージを受けたミズキに駆け寄った。

予想通り、アリアたちにミズキと兵士の会話は聞こえていなかったらしく、ただ単にミズキが油断して兵士を取り逃がしてしまったと認識しているようだ。

少々痛い思いをしてしまったが、会話が聞かれていないのなら問題はない。

これで魔王との関係も、人間からの攻撃も心配しなくていいだろう。

ミズキは全てが上手くいったことに安堵《あんど》しながら、お腹の痛みを我慢して立ち上がる。

「とにかくお主は合格じゃ。儂はビビッて結局何もできぬと思っておったぞ。なかなかやるではないか」

「……失礼な」

「青い炎は初めて見たよ。凄《すご》いね、ミズキさん」

「……それはありがとう」

アリアは満足そうに笑い、ドロシーはミズキの魔法に感心していた。

リヒトは……やはり兵士たちが気になっているようで、口を開くことはない。

「……暑いから中に入ろ。あと、部屋の掃除を手伝ってほしい」

「あ、そう言えば……」

ミズキに言われたことによって、三人は自分たちがしたことを思い出す。

トラップを掻《か》い潜《くぐ》るために、色々と破壊して最上階まで至った。

それらを全て片付けるとなると。かなりの時間を要することになる。

当然、ミズキ一人だとなおさらだ。

「大掃除の時間だね」

と、ドロシーは杖を地面に突き立て、少し特殊な死霊たちを呼び出す。

かわいそうなミズキのため、できる限りの掃除（修復）を行うドロシーであった。

＊＊＊

「一通り終わったけど、これでどう？」

「ありがとう。かなり片付いた」

ドロシーの死霊によって、ぐちゃぐちゃになっていた部屋の中は、日常生活がギリギリ滞りなく行える程度に片付く。

ここまでしてくれたなら、もう十分に許容範囲だ。

ブルーだったミズキの表情にも、僅かな笑みが現れる。

「まぁ、壊したのはボクだからね。片付けは当然手伝うよ」

「うん……それでもいいいや」

「おーい、喉《のど》が渇いたのじゃー」

「……そろそろ休憩しようか」

ミズキは少々複雑な気持ちになりながら、冷やしておいた水をドロシーに差し出す。

そして、掃除に飽きたアリアと死霊に役割を奪われたリヒトの元に向かった。

久しぶりに動いたせいか、水がいつもの倍以上に美味《おい》しく感じる。

何の効果もないただの水だが、ドロシーも満足そうだ。

「ここにロゼがいれば、もう少し片付いたじゃろうなぁ」

「やめてあげてくれ。過労で死んじゃうぞ」

「儂はロゼのタフさを信じておる」

「そういう問題じゃない」

「まあまあ」

揉《も》めそうなリヒトとアリアの中に、ドロシーが笑いながら入っていく。

ミズキにはロゼという人物のことは分からないが、普段から多くの仕事を任せられているということは何となく予想できた。

魔王軍も大変だなぁと、月並みな感想しか出てこない。

もしかしたら自分にも仕事が回ってきたりするのだろうか。

そう考えると他人事《ひとごと》ではなくなってしまうが、アリアの様子を見ているとそういうわけでもなさそうなことが分かる。

「あ、掃除は終わったのか？」

「かなり片付いたよ。そろそろかな」

「なるほど。ならもう帰れそうじゃな――よし」

ミズキ――と、アリアが急に視線を向けてきた。

まさかこのタイミングで話しかけられると思っていなかったミズキは、驚いた様子を見せながらも飲んでいた水を置いて返事をする。

「なに？」

「儂は当分ここに来る予定はないが、最後に聞いておきたいことはないか？」

「んん……じゃあ一つだけある」

ミズキは数秒の時間で頭の中から質問を絞り出す。

といっても、急に質問を要求されても何も出てこない。

そこで思い付いたのは、これからの自分の行動には特に関係ない——言わばどうでもいいことだった。

「アナタって昔会ったことあるよね？　ドロシー」

「……へ？」

こちらもまた、まさかこのタイミングで話しかけられると思っていなかったドロシー。

急いで飲んでいた水を机に置く。

「会ったことあるって……どういうこと？」

「私の記憶が正しければ、ドロシーが子どもの時に会ったことあるはずなんだけど。覚えてない？」

「……ごめん」

ドロシーの返事を聞いて、少し寂しそうにするミズキ。

冗談ならこのような反応はしないはずだ。

まさか本当に会ったことがあるのか——どうにもドロシーには思い出せない。

「えっと、昔っていうのはいつ頃？」

「ドロシーが子どもだった時。百五十年くらい前？　あ、でも違うか……」

と、ミズキは考え直す。

「百五十年も前なら、ドロシーは既に死んでるはずだよね。こんなに若いわけないか」

魔女の寿命は長い。

ついつい自分の時間軸で考えてしまったが、普通の人間なら百五十年も過ぎていればもう骨になっているはず。

ドロシーの外見は二十歳前後。

その時点で辻褄《つじつま》が合わなかった。

「嘘《うそ》……！　ほんとに……？」

しかし、ドロシーの反応はミズキの予想していたものではない。

それはまるで、何かを言い当てられたかのような。

そんな反応だ。

「ドロシー、どうしたんだ？」

「リヒト、凄いよ。ボクが死んだのは大体百三十年くらい前なんだ」

「……ん？　どういうことだ？」

「辻褄が合ってるってこと」

ほお――と、アリアは感心した顔を見せる。

リヒトも数秒遅れて、何かに気付いたように驚いた顔を見せた。

状況が分かっていないのは、張本人であるミズキだけだ。

「え、合ってるの？」

「うん、ミズキさん。ボクは一回死んだせいで、特殊な時間の進み方をしてるから。一応、もうちょっと詳しい情報を教えてくれると嬉しい」

「えっと、ドロシーはブラウンの隣に付いてきてた。ブラウンからはよくアイテムを買ってたから覚えてる」

「ドロシー、ブラウンって誰だ？　知り合いか？」

「知り合いどころじゃないよ。ボクの師匠の名前」

全てが繋がったようにドロシーは納得する。

思い出すことはできないが、昔会ったことがあるというのは恐らく本当だ。

師匠であるブラウンは、よく変わったアイテムを売りつけに歩いていた。

ドロシーが子どもの頃、それに何回か付いていったことは覚えている。

その商売相手の一人にミズキがいたのだろう。

百五十年ぶりの再会。

感動というわけではないが、嬉しい気持ちは間違いなくあった。

「やっぱり。死霊使いでドロシーって名前だからピンときたよ」

「もっと早く言ってくれれば良かったのに……」

「ハハ、ごめんごめん」

ミズキはドロシーを抱き寄せる。

この広い世界でもう一度会えた喜びを、ミズキも同じように感じているようだ。

魔女としてあまり人と関わらない生活をしていた反動か、やけに長く触れ合っていた。

「これを聞くのはアレなんだけど、ブラウンは元気だった？」

「うん、元気だった。よく特訓で泣かされたけど、そのおかげでグングン上達したし」

「そうなんだ。なら良かった。ある日を境にパッタリとここに来なくなっちゃったから、心配してたの」

「あーそれは……」

ドロシーは何か思い当たる節があるように言葉を濁す。

やはり聞かない方がいい理由でもあるのか。

ブラウンの性格を考えると、想像がつかないわけではない。

それでも。

親友といえる存在であっただけに、ブラウンの最期はどうしても聞いておきたかった。

「ブラウンはどんな最期だったの？」

「師匠は上の人間に反発していたせいで殺された」

「ブラウンらしいね」

やっぱり――と、呆れるミズキ。

ブラウンは凄腕《すごうで》の死霊使いとして名を馳《は》せていた。

若い時には計り知れないほどの実績を積み上げ。

老いてからは半分の時間をドロシーの育成に費やし、残りの時間は上層部の人間たちの悪事を暴くことに費やした。

そして、そのようなブラウンの行為を上層部が見逃すはずもなく。

あっさりと英雄は殺されてしまう。

「じゃあその後のドロシーは？」

「ボクも同じ感じかな。師匠を殺した人間を探すために反発してたら、辿《たど》り着く前に殺されちゃった」

ドロシーは少しだけ笑い、少しだけ悔しそうな顔を見せる。

ブラウンの弟子というだけあって、上層部にマークされていたのだろう。

かなり過酷な日々を送っていたに違いない。

何となくそれらを察したミズキは、ドロシーの肩を優しく叩く。

「あれ、ならドロシーは生き返ったってことだよね？」

「うん。それはリヒトが蘇生してくれたんだ」

ミズキの視線はリヒトへと向く。

死んだ時には生き返らせてやる——さっき確かにアリアはそう言っていた。

蘇生を行えるのは、魔王ではなくこっちの人間らしい。

ずっとアリアと対等に話しているところを不思議に思っていたが、これならあの関係も納得できる。

「へぇ……君が。よろしく」

「あ、あぁ、よろしく」

意外そうなミズキの顔。

とりあえず握手を求められたため、戸惑いながらリヒトはその手を握っておく。

ミズキの手は想像の何倍も冷たかった。

「君の蘇生能力ってスキル？　魔法？」

「スキルかな」

「そっか、残念。魔法なら弟子入りしようと思ってたけど」

「で、弟子……!?」

はぁ――とミズキはため息をこぼす。

スキルは生まれた時点でほぼ決まっているため、努力したところで身につけられるようなものではない。

しかし、魔法であれば努力次第で覚えることも可能だ。

それを覚えるためなら、人間に弟子入りするほどの行動力をミズキは持っていた。

呆れるほどの知識欲である。

「実は昔に死者を蘇生する魔王を研究してたんだよね。まあ、結局諦《あきら》めたんだけど。百年くらい研究しても無理だった」

「凄い時間だな……」

百年という時間。

そんな永遠とも思える期間をずっと研究していられる精神力にも驚きだが、それだけ膨大な時間を要しても覚えることができない蘇生魔法にも驚きだ。

魔女というだけあって、かなりレベルの高い研究を続けていたはず。

《死者蘇生《ししゃそせい》》にはアリアもドロシーも驚いていたが、今になってその反応に無理もないと分かる。

「魔王はよく君を捕まえたね。ラッキーなんてもんじゃないよ」

「運命というやつじゃな。うむ、儂の運命すごい」

「流石だね、魔王様」

「クク、そうじゃろう」

ふふんと自慢げな顔をするアリア。

そして、それをおだてるドロシー。

そろそろドロシーもアリアの扱い方が分かってきた頃らしい。

リヒトがこのようにおだてようとしてもこうは上手くいかないため、何かコツのようなものがあるのかもしれない。

「――さて。そろそろ帰らないとロゼに心配されてしまうのじゃ」

アリアは一気に水を飲み干して立ち上がる。

予想よりも長い時間、ここにいることになってしまった。

ロゼがアリアを探しに飛び出してしまう可能性もあるため、あまり長引かせるわけにはいかない。

出発の時と同じように。

アリアは下手くそな指笛をぴーーーーと鳴らす。

「それじゃあな、ミズキ。人間側に寝返るでないぞ」

「分かってる」

「またね、ミズキさん」

「――あ、ちょっと待って」

と、ミズキは最後の「待って」の言葉を口にする。

呼び止めたのは、ドロシーでもアリアでもなく――リヒトだった。

「え？　どうしたんだ？」

「言うか迷ってたけど、さっき握手した時に不穏な感じがした。気を付けてね」

「そ、それってどういう――」

「詳しいことは分からない。まあ気のせいかもしれないし」

「な、なんじゃそりゃ……」

ミズキの不穏な予言。

帰還中にその意味を考えていたリヒトだったが、結局その真意は分からないままディストピアに到着することになる。

その日だけは僅かな不安を覚えていたものの。

忙しい日常の中で、すぐにリヒトの頭の中からは消えていくことになった。

＊＊＊

「国王様。生き残った兵士の話ですと、魔女はもう我々に力を貸すつもりはないようです。それどころか、魔女はもう魔王の手の内にいるとのこと。どうなされますか？」

「……その話はもう報告書で見た」

交渉の失敗に使者たちの死亡。

朝から嫌なニュースが国王の元に届けられる。

何よりも目を背けたくなるのが、既に魔王が関与していたという情報だ。

魔族から先手を取るために動いているのにも拘わらず、自分たちが後《おく》れを取っていることが判明してしまった。

魔王相手に後手に回っていられるほど、自分たちの戦力に余裕があるわけではない。

既に兵士や冒険者たちの命が多く奪われているため、負ける可能性だって十分にある。

数だけは有利だと思っていたが、それも時間の問題となるだろう。

どうにかして、代わりの策を練り直す必要があった。

「人間が他の種族と協力することは不可能なのかもしれないな……」

何もかも上手くいかない現実に、国王は諦めにも似た言葉をこぼす。

エルフや竜人に続いて、今回の魔女まで失敗してしまった。

その失敗のせいで失われた兵士たちの影響も馬鹿にならない。

ラトタ国とも情報の共有ができていないため、助け合うことすら不可能だ。

「ラトタ国は魔王に対してどのような対応を取っている？」

「残念ながら詳しいことは分かっておりません。ですが、かなり余裕を持った態度なのは間違いないかと」

「……一体どういうことなんだ。自分たちは被害を受けないという確証でもあるのか？」

どう考えても納得できない隣国の態度。

自分たちが悩みに悩んでいるのにも拘わらず、どうしてそんな余裕でいられるのか。

ラトタ国から協力しようという提案もない。

完全に魔王を舐めきっているとしか思えなかった。

「もしかしたら、ラトタ国も既に魔王の支配下になっている可能性もあるのでは……？」

「何だと？　……いや、そんなことが有り得るのか？　いくら他国と関わらない国といえど、魔王の支配下に入ったなら我々の耳にも届くはずだが」

「す、すみません。あくまで可能性の話です」

「うーむ……」

部下の話に、国王はまた頭を悩ませる。

流石に憶測の域を出ない話であるが、絶対にないとも言えない話なのだ。

特にここ最近のラトタ国を見ていたら、そう考えてしまう気持ちも分かる。

……どちらにせよ、ラトタ国にはもう期待しない方が良さそうだ。

どこかもっと信頼できる国を味方につけなければ。

そんな考えが国王の中で強くなる。

「……多少離れた国とも連絡を取り合うべきだな。魔女が魔王の支配下に置かれたことも報告せねばならないだろう」

国王は決断を済ませるとすぐに立ち上がった。

もう周りの対応を気にしている時間はない。

いつか始まる魔王との直接対決のため、どうにかして戦力を集める必要がある。

素早く戦力を集めることができれば、魔王が勢力を増やす前に勝負を仕掛けることも可能だ。

「人間全体の問題ということですね。ラトタ国以外で他国の協力を仰ぎましょう」

「うむ。人間の国ならば、少なくとも魔王に支配されているということはないはずだ……そう信じたいが」

「犠牲《ぎせい》になった者たちのためにも、絶対に魔王に屈するわけにはいきません。自信を持ってください、国王様」

部下の声を受けながら、国王は重いペンを執ることになった。

第四章

西の魔王

「ねぇ、リヒト。人間界に行ってみない？」

「……え？」

今日の分の仕事を終えたリヒトに、ドロシーはササッと近付いて話しかけた。

リヒトとドロシーは数週間ほど連勤しているため、そろそろアリアから休暇の許しが出てもおかしくない。

休暇の時間をずっと読書に費やしても仕方ないとドロシーは判断したようだ。

「ほら、たまたま休暇の期間が被《かぶ》ってるのがリヒトだし。リヒトとボクなら同じ人間だからさ」

「でも人間界は――」

「もちろんレサーガ国なんかじゃないから。ボクだってあんな国に行きたくないさ。魔王様の友達がいるラトタ国に行こうよ」

「んー……それならまあ――うーんでも」

なかなか踏ん切りがつかないリヒト。

もし休暇が貰《もら》えたら、ずっとダラダラしようと考えていたため、なかなかうんと頷《うなず》くことができなかった。

レサーガ国ではないというのは大きな点であったが、人間界であることに変わりはない。

旅行感覚で行くような場所ではないだろう。

「いいじゃん、リヒトー。久々にショッピングとかしてみたいんだー」

「……もし一人で行けって言ったらどうする？」

「泣く」

「――行くから！　俺《おれ》も行くから！」

ほぼ反射的に、リヒトはオーケーの返事を返す。

ドロシーは優秀な存在であるだけに、駄々をこねる姿なんて見たくない。

それに、ドロシーが自分に泣きついている様子を他人に見られたら、十中八九《じっちゅうはっく》変な勘違いをされてしまいそうだ。

ドロシーの名誉を守るためにも、仕方なくその誘いを受け入れる。

「ありがとねー、リヒト。魔王様にはもうリヒトの分の休暇を貰ってるから心配しないで」

「え？　それって最初から――」

まあまあ――と。

リヒトが聞き返そうとしたところで、ドロシーに軽く流されてしまう。

いつの間にか、後はもう出発の準備をするだけの状態になっていた。

「一応もう一度確認しておくけど、アリアは本当に許可を出してくれたんだよな？　勝手に行動して怒られるのはごめんだぞ？」

「もちろん。魔王様は優しいからね。お土産《みやげ》買ってくるって言ったらすぐにオーケーだった」

「買収されてるし軽すぎるだろ……」

意図せずアリアのチョロい一面を見ることになったリヒト。

イリスやティセに悪用されては困るため、このような情報はリヒトで絶対に止めておかないといけない。

「それじゃあ、明日迎えに来るからよろしくね。お金はボクが用意するから心配しなくていいよー」

「……ああ」

最後までずっとドロシーに流される形。

リヒトは難なく懐柔されてしまった。

それから、深いため息をつきながら自分の部屋に戻ることになる。

＊＊＊

「へー、こんな国だったんだ。初めて来たよ」

ドロシーは馬車を降りた瞬間に、ソワソワとした様子で辺りを見渡した。

御者を必要としない馬車にも興奮していたが、ラトタ国の内部はさらに刺激的らしい。

リヒトは二回ほど訪れたことがあるため、今回はエスコートする側になりそうだ。

「やっぱりレサーガ国とは大違いだね。ラトタ国はこんな凄《すご》い馬車も用意してくれるし、中も凄い綺麗《きれい》だし」

「やけに気に入ってるんだな。この国はもう実質アリアのものになってるから、いつでも来ることができるだろ」

「流石《さすが》魔王様だね。このままのペースでいけば、世界征服もできちゃいそう」

ドロシーは冗談交じりにアリアを褒める。

気分が良くなってオーバーな表現になったものの、世界征服に近付いているのは真実だ。

実際に、アリアは復活してから短時間で東の魔王を倒していた。

自分が知る限り残りの魔王は三人。

その三人が結託しない限り、リヒトを囲っているアリアが有利である。

肝心のアリアに世界征服をする気がないという問題があるが、やる気と時間があれば叶《かな》わぬ夢ではないだろう。

「もしアリアが世界征服をするって言い始めたら――ドロシーはどう思う？」

「ん？　それはもちろん付いていくけど、ボク個人としては平和が好きだから乗り気じゃないかなー」

「だよな」

リヒトとドロシーの考えは見事に一致していた。

アリアとは逆で、基本的に戦闘を好むような性格ではない。

同じ人間という種族だからなのか。

ドロシーがアリアを尊敬しているのは心配だが、好戦的な性格まで見習っていないのが分かり一安心だ。

「さ、そんな話をしていても仕方ないからさ。ショッピングだよショッピング」

「そういえばお金はどうするんだ？　お金までラトタ国が用意してくれてるってわけじゃないだろ？」

「それなら心配いらないよ。死霊たちが集めてくれてるから。ほら、こっちこっち」

ドロシーがそういうと、上空から一枚の金貨が落ちてくる。

落ちてくることが分かっていたドロシーは見事に片手でキャッチするものの、リヒトの方向に突風が吹いていれば痛い思いをしていたかもしれない。

「おい……それってまさか――」

「言っとくけど盗んだものじゃないからね。むしろ、落し物を漁《あさ》っているだけだから、この国の役に立っているんじゃないかな」

「なんだその理論は……」

ドロシーの理屈では、落し物は落とし主が所有権を破棄しているため窃盗《せっとう》ではないらしい。

そうこうしている間にも、上空からどんどん金貨が落下してくる。

上手《うま》く落下地点をコントロールして、小袋に金貨を集め続けていた。

これだけの金貨があれば、ショッピング程度なら事足りるはずだ。

「――このくらいかな。今日はこの金貨を使い切らないと帰らないよ」

「とりあえずあの宝石を買わないか？」

「すぐに帰る気満々じゃん！」

こうして、二人は城下町の商店街に入っていくことになる。

これから先に起こる不吉な出来事に気付くのは、もう少し後のことであった。

＊＊＊

「……まずいわ。この反応はどう考えても……」

ベルンは一人で頭を抱える。

リヒトたちのために馬車を手配した後、信じられないほど大きな魔力を感じ取ることができた。

当然ただの魔物ではない。

かつてアリアが噂《うわさ》していた魔王の中の一人であろう。

ベルンが反応できるということは、既にこのラトタ国へ近い距離にいるはずだ。

「ベルン様？　どうなされました？」

「…………」

「……ベルン様？」

「――あっ、何でもないわ。アンナ」

心配そうにベルンの顔を見るアンナ。

どうやら、緊迫感が表情にも出てしまっていたらしい。

今さら国民たちに伝えたところで、迫り来る魔王に対応するには遅すぎる。

むしろ、無駄に混乱を招くだけだ。

たとえ信頼しているアンナにでさえ、この情報を伝えるわけにはいかなかった。

（……と、とにかく、リヒトさんとドロシーさんがラトタ国に到着しているはず。すぐにでも来てもらわないと……！）

不幸中の幸い。

今この国には、リヒトとドロシーが訪れている。

味方がいないわけではない。

ベルンがこれからするべきことは、どのような手を使ってでも二人とコンタクトを取ることだ。

既にアリアには連絡を送っているが、間に合うことを前提で考えない方がいいだろう。

「アンナ、城にいる兵士を集めてちょうだい。それと、リヒトさんとドロシーさんを街の中から見つけ出して」

「――は、はいっ！　えっと……リヒト様とドロシー様ですね」

アンナはベルンの命令を受けると、すぐに部屋の外へと駆け出していく。

恐らく、リヒトとドロシーの名前は初めて聞いたはずだ。

普通の部下なら、誰《だれ》でしょうと疑問を持つはずだが、アンナであればその過程を省《はぶ》くことができる。

今は時間が惜しいため、通常なら有り得ないアンナの行動も最適解であった。

「……ふぅ」

アンナのドタバタとした足音が段々聞こえなくなる。

部屋にたった一人。

この静寂の空間が、ベルンの頭をやっと冷やしてくれていた。

大きく深呼吸。

一秒でも早く二人が見つかることを祈るしかない。

(大丈夫……リヒトさんがいるから、きっと私が死ぬことはないはず……もし妖狐《ようこ》であることが人間にバレたとしても、その人間を殺せばいいだけだし)

ベルンは、無理やりにでも今の状況をポジティブに受け入れられるように模索する。

こうでもしなければ、緊張だけで吐いてしまいそうだ。

リヒトがいると分かっていても、やはり死ぬことは怖い。

緊張を緩和するために、体が勝手に笑おうとしている。

「——っ!? なに!?」

そこで、ヒヤリと肩に走る冷たさ。

これまで生きてきた中で、初めて体験するものだ。

そこにいたのは一匹の死霊。

もう敵が訪れたのかと身構えたが、襲ってくる気配は一向にない。

その代わりに、死霊は一枚の紙をベルンに手渡した。

「……? 手紙?」

その手紙には。

ただ一言——そこを動かないでください、と綺麗な文字で書いてあった。

＊＊＊

「ド、ドロシー。いきなり走り出してどうしたんだよ」

ドロシーに手を引っ張られながら、リヒトはその行動の意味を問いかける。

ゆっくりと歩いていた先ほどまでを考えると、驚くほどの変わりようだ。

何かが起こったというのは理解できるが、ただの人間であるリヒトは付いていくことしかできない。

「大変だよリヒト。よく分からないけど、ヤバい奴《やつ》が近付いてきてる。とりあえずベルンさんのところに向かった方がいい」

「んん？　ヤバい奴って何だ？　それにベルンのところって――」

「危険性ってなら魔王様と同じくらいだよ。とにかくベルンさんは守った方がいいんでしょ？　ならリヒトが近くに行かないと」

「そ、それはそうだけど」

珍しくドロシーから余裕を感じない。

どうやら相当焦っているようだ。

迫り来る敵に気を張りつつ。

最短距離でベルンの元へ向かい。

同時に十数匹の死霊を操っている。

本来なら、リヒトの質問に答えることすらままならない状況だった。

「ドロシー、その、一応アリアにも報告しておいた方がいいんじゃないか……？」

「そんなのとっくのとうにやってるよ。ただ、死霊を通しての報告だから、ちょっと時間がかかりそう。魔王様寝てるかもしれないし」

「生活習慣を改善させておくべきだったな……」

リヒトの後悔。

魔王軍の中でアリアに意見できる者はリヒトしかいないため、これぱかりはどう考えても自分の責任だ。

ドロシーの言う通り、この時間帯のアリアは眠っている可能性の方が高い。

アリアが間に合うことを前提に考えていては厳しいだろう。

「わざわざこの国に来るってことは、やっぱりベルンが狙《ねら》いだよな？」

「多分ね。女王様を攫《さら》って何か要求するつもりなのかも」

それに——とドロシーは付け加える。

「ベルンさんって人間じゃないんだよね？　それなら今の状況には気付いてるはずだけど……下《へ》手《た》に動けないだろうからボクたちが何とかしないと」

「……確かに。明らかに人間の限界を超えた察知能力を見せたら、自分が怪しまれることになるもんな。自ら戦って抵抗するってわけにもいかないし」

リヒトとドロシーの話は、結局急がなくてはならないというところに終着する。

そもそもベルンが人間の兵士を集めたとして、追い返せるほどの相手でもない。

本当に敵が魔王であるならば、リヒトとドロシーで時間を稼ぎ、アリアの到着を待つことが最善策だ。

のうのうと生活する人間たちの視線を浴びながら、二人はベルンのいる城へと走り続ける。


「――ドロシー！　残りの時間は」

「敵のスピードがかなり速いから、このままだとあと五分――」

「ギリギリ間に合ったみたいだな……」

残り五分。

慌てている侍従に案内されながら、リヒトはやっと城の扉に手をかける。

ここまで来れば、ベルンの居場所はもうすぐだ。

ひとまず間に合ったことに安堵《あんど》しながら――二人はまた走り出した。

＊＊＊

「リヒトさん！　お待ちしておりました！」

「……間に合ったな」

ソファーの上でソワソワとしていたベルンは、リヒトとドロシーの姿を見た途端にバッと立ち上がる。

ドロシーの反応が早かったおかげで、手遅れになる前に辿《たど》り着くことができた。

ドロシーいわく、敵がこの場に訪れるまであと一分。

息をつく暇もない。

「初めまして、ベルンさん。分かってると思うけど、かなりピンチな状況だよ。魔王様が到着するまでボクが時間を稼ぐから、リヒトの近くを離れないようにね」

「は、はじめまして！　分かりました、リヒトさんの近くですね……！」

ベルンは頭の中でドロシーの言葉を何回も反復させる。

文字通り命がかかっているため、いつもの仕事のように適当なことはできなかった。

ドロシーは初めて会う人間だが、かなり信頼が置けそうな存在だ。

「一応リヒトにも言っておくけど、ベルンさんが死んじゃった時は蘇生《そせい》してあげてね」

「分かってる――けど、ドロシーは大丈夫なのか？　敵は魔王なんだろ……？」

「……自信ないけど、できるだけ頑張るよ。そもそも、ボク以外に戦える人は誰もいないからね」

いつもは見せないようなドロシーの表情。

これから格上の化け物を相手にすることを考えると、このような表情になってしまうのも仕方がない。

リヒトの心に。

できることなら共に戦いたいという気持ちが芽生えるが、それは決してドロシーの望んでいることではない。

今リヒトが考えるべきことは、どのようにしてベルンを危機から守るかである。

「あの、リヒトさん……よろしくお願いします」

「あぁ。任せてくれ」

「それじゃあ作戦タイムは終わり――来たみたいだよ」

カチャリ――と鍵《かぎ》の開く音が三人の耳に届く。

音の発生元は、目の前にある大きな窓だ。

当然外側に鍵が付いているという構造ではないため、何者かによって内側から鍵が開けられたことになる。

わざわざ扉を破壊しない礼儀正しさが、余計に不気味に感じられた。

「ひっ……!?」

「――おい、やばそうだぞ……」

「分かってる」

その窓から入り込んでくるのは、自分の身長より長い髪をした魔族。

顔が小さく、身長はかなり高い。

頭身で言うと十は優に超えているだろう。

そのおぞましさは、実際に見ることで間違いなく魔王だと認識することができた。

一見隙《すき》だらけにも見える魔王だが、攻撃を仕掛けるドロシーからしてみれば、全くと言っていいほど隙がない。

強く杖《つえ》を握りしめるだけの時間が過ぎていく。

沈黙の空間。

最初に声を上げたのは、ドロシー、リヒト、ベルンの三人を観察し終わった魔王の方だった。

「……アハ。見つけた」

「――っ！　リヒト！　やっぱり狙いはベルンさんだ！　気を付けて！」

ゾワリとドロシーに走る悪寒。

どうやら、ドロシーのことは眼中にないらしい。

本当に目に映っていないのかと勘違いしてしまうほど。

魔王はレッドカーペットの上を歩くかのようにゆっくりと距離を詰める。

その視線は、やはり立ちはだかるドロシーではなく、リヒトとベルンの方向に向けられていた。

「――止まれ！」

「……邪魔」

強引に魔王の歩みを止めようとしたドロシー。

しかし。

触れることすらできずに、見えない力で床に押さえつけられた。

ミシミシという音が骨に響き、オーガの筋力よりも強い力で首がキツく絞められる。

このままだと時間稼ぎすら不可能だ。

「やっと見つけた。あいつに復讐《ふくしゅう》するため……ずっと探してた」

一人で呟くように喋《しゃべ》る魔王。

普段から言葉を発することに慣れていないのだろうか。

まるで数年ぶりに口を開いたような様子である。

「クッ！　近寄るな！」

「リヒトさん……！」

リヒトは、無駄だと分かっているとしても小さな抵抗をする。

何もせずにベルンを連れ去られたとなっては、アリアに合わせる顔がない。

せめて少しだけでも、アリアが到着するまでの時間を稼がなくては。

リヒトの体に力が入る。

「ワタシに付いてきてもらう。拒否権はない」

そう言って、魔王が掴んだのは。

――リヒトの肩だった。

「なっ!?」

「アハ……やっと手に入れた。死者蘇生の能力」

リヒトを見えない力で拘束《こうそく》した魔王は、ベルンなど見向きもせずに窓へと向かう。

リヒトとドロシーは、狙いがベルンであると勝手に決めつけていたが、その考察は大外れもいいところだ。

最初から魔王の狙いは、死者蘇生の能力を持つリヒトだったらしい。

そして、それに気付いた頃にはもう遅かった。

「――リヒト……！　行かないで……」

「うるさい。黙れ」

手を伸ばそうとするドロシーが癪《しゃく》に障ったのか。

魔王は最後にドロシーの首を踏みつけ、完全に息の根を止める。

首の骨が折れ、意識のない体がピクピクと痙攣《けいれん》していた。

魔王はそれを満足そうに確認すると、自分が開けた窓に足をかけ――。

「りひと。覚えた。これからよろしくね、りひと」

「クッ！　《死者蘇《ししゃそ》――》」

飛び降りるようにして、ベルンの視界から消えることになる。

＊＊＊

「ベルン様……本当にこの御方は大丈夫なのでしょうか？　医者を呼んだ方が良いと思いますが……」

「アンナは心配しなくて大丈夫だから。それより、もうそろそろ部屋から出ていってちょうだい」

「は、はい……」

アンナは、しょぼんとした顔をして命令通り部屋から出る。

普段のベルンが、アンナに対してここまで冷たく接することは決してない。

しかし、今だけはそうなってしまうのも仕方がなかった。

自分のせいでリヒトが連れ去られ、ドロシーがやられてしまったのだ。

その責任はこれまでにやってきた女王の仕事の何倍も大きい。

「……ドロシーさん。目を覚ましてください……」

ベルンは膝《ひざ》をつき、ベッドで眠るドロシーと同じ高さで声をかける。

魔王の手によって殺されてしまったドロシーであるが、リヒトが攫われる直前に《死者蘇生》を行ったことで、何とか息を吹き返した。

まだ意識を取り戻していないが、心臓は確実に動いている。

へし折れたはずの首も、中途半端なスキル発動でありながら見事に修復されていた。

ベルンがふとその首に触れようとしたところで。

コンコン——と軽く窓がノックされる。

「——魔王様！」

「ん？　なんじゃ、ベルンは無事ではないか。狙われていると聞いておったが、ドロシーが報告ミスとは珍しいな」

「い、いいえ、敵の狙いは私ではなくリヒトさんだったのです！」

なんじゃと——とアリアは呟《つぶや》く。

ヘラヘラとしていた雰囲気から、一瞬で真面目《まじめ》な顔へと変化した。

キョロキョロとリヒトの姿を探す。

「おい、リヒトはどこじゃ。ドロシーはどこにおる」

「……ドロシーさんならあのベッドです。リヒトさんは……連れ去られてしまいました」

「——チッ」

軽く窓から侵入したアリアは、一直線にドロシーが寝ているベッドへと進む。

まずはその体に触れ、呪《のろ》いなどがかけられていないかを確認。

次に服をめくり、重要器官が破壊されていないかを確認。

最後に呼吸しているのを確認して、ふぅと大きく息を吐いた。

「ドロシーは殺された後、リヒトに蘇生されておるのか？」

「は、はい！　ですが、連れ去られるギリギリでのスキル発動だったみたいで……その影響かもしれません」

「なるほどな」

何かに納得したかのようなアリアは、両手でドロシーの胸ぐらを掴み――。

ゴツンと音を立てて頭突きをする。

「いったぁ……」

「目が覚めたようじゃな、ドロシー」

「ま、魔王様!?」

ベルンがどう頑張っても目覚めなかったドロシーが、アリアの手によっていとも容易《たやす》く目を覚ます。

それも、全く思いつかなかった方法でだ。

「あっ！　リヒトが！　魔王様、リヒトが連れ去られて――！」

「もうベルンから聞いたのじゃ」

「ご、ごめんなさい、ボクのせいで……」

頭突きされた痛みによる涙か。

それともリヒトが連れ去られてしまった事実に対しての涙か。

ドロシーの目から、ポロポロと雫《しずく》がこぼれ落ちる。

拭《ぬぐ》っても拭っても——目が乾くことはない。

「やられたのじゃ。リヒトの存在が知られていたのもそうじゃが、まさか人間界に直接現れるとはな」

「リヒト……うぅ……」

「とりあえずディストピアに戻るぞ。話はそれからじゃ。それとベルン——言っておくが、リヒトを攫った愚か者に人間を近付かせるなよ」

「わ、分かりました……!」

アリアはそう言うと、泣き止《や》むことのないドロシーをおんぶして窓から出ていく。

ベルンは最後まで。

アリアの瞳《め》の奥にあった、炎のような怒りに恐怖していたのだった。

＊＊＊

「——ということがあったのじゃ。つまり、今リヒトは西の魔王に囚《とら》われておる」

「お姉さま、リヒトさんかわいそう」

「……そうね、イリスちゃん。リヒトさんが心配だわ……」

アリアの説明を聞いて、イリスとティセは不安そうな顔でお互いを見る。

突然の出来事であり、心の準備をする余裕もなかった。

イリスとティセがどう頑張ろうと、今は心配することしかできない。

「西の魔王というのは、魔王様はご存じなのですか？」

「当然じゃ。名前は確か……ベルナカン」

うーんと悩みながら、アリアはギリギリで名前を思い出す。

ベルナカン――確かにアリアの記憶にはその名前が残っていた。

これまでに対立したことがないため印象は薄いが、それなりの力を持っていたはずだ。

お互いに干渉しない関係だと思っていたが、まさかここで仕掛けてくるとは。

リヒトのことを知っていたということは、当然アリアが囲っているということも知っていたはずである。

それなのにも拘《かか》わらずベルナカンはリヒトに目を付けた。

宣戦布告と受け取っても何ら問題はない。

「ドロシーから聞いた話じゃと、ベルナカンは念力のような力を持っておるらしい。お主らは無《む》闇《やみ》に近寄らぬ方が良いじゃろうな」

「は、はい……」

「分かった」

いつもとは違い、聞き分けの良い二人。

リヒトがいないことを考えると、これまでの数倍慎重に行動しなくてはならない。

そもそも、イリスとティセが近接戦闘をするケースは少ないため、これはロゼに伝えておくべき話であろう。

そこでイリスは、何故《なぜ》かここにいないロゼをキョロキョロと探す。

「魔王様。ロゼがいない――それにフェイリスも。どうしたんだろう」

「あぁ。ロゼとフェイリスにリヒトが攫われたことを伝えたんじゃが、その時にショックで倒れてしまってな」

「……なるほど」

アリアはやれやれと事実を伝える。

あの時の二人――特にフェイリスの動揺具合は今でも頭に残っていた。

あそこまで取り乱すフェイリスは、長い間過ごしてきた中で初めてかもしれない。

目を覚ましてからもずっと泣きじゃくっていたため、今は落ち着くまで部屋から出さないようにしている。

ロゼもフェイリスと同じ処置だ。

「ちなみに、ドロシーもリヒトが攫われたことを自分の責任だと感じているようでな。早く立ち直ってくれると良いのじゃが」

「ドロシーさんまで……」

「うむ。今はドロシーとフェイリスとロゼを部屋に閉じ込めておる」

かなり大変な状況。

今の状態では、自由に動けるのがアリアとイリスとティセしかいない。

本当なら今すぐにでも救出に向かいたいが、このままベルナカンの元へ乗り込んだとしても勝算は薄いだろう。

リヒトがいなくなることで、ここまで全体に影響が出るとは考えてもいなかった。

ベルナカンがこの状況を見越し、ディストピアに攻めてこないことを祈るだけだ。

「明日じゃ——明日に動き始めるぞ。三人は儂《わし》が何とかするとしよう」

アリアは悩み、そして決断する。

最速で立て直すとしても一日。

どこまで回復できるかは分からないが、これ以上時間をかけることはできない。

「分かりました。リヒトさんのために頑張りましょう。ね？　イリスちゃん」

「うん、お姉さま」

こうして、リヒトという一人の『人間』のために。

二人の魔王は、運命を賭《と》した戦いを繰り広げることになる。

＊＊＊

「ドロシー、入ってもよいか？」

コンコンと。

アリアはドロシーの部屋の扉を叩《たた》く。

いつもなら特にノックもすることなく、勝手に部屋へと入っていた。

しかし、今回はあまり嫌がらせるようなことはしてはいけない。

アリアなりの気の使い方だ。

「……魔王様ですか？」

「そうじゃ。中に入れてほしいのじゃが」

「…………分かりました」

ドロシーは僅《わず》かな沈黙の後――抗《あらが》うことなく扉を開ける。

流石にロゼやフェイリスほどの変化はない。

……が、これでも普段のドロシーに比べれば大きな変化だ。

よっぽど精神的に疲れているらしい。

「すみません、すぐにリヒトを助けに行かないとダメなのに……」

ドロシーの最初の言葉は、アリアに対する謝罪の言葉だった。

ドロシーは頭の良い人間だ。

今何が起こっていて、今何をするべきなのかは理解しているだろう。

それでもなお、すぐに動くことができないのだから、相当のダメージというのが分かる。

「よい。今日は休むのじゃ。それに、ショックを受けているのはお主だけではない。特にフェイリスは手が付けられないのじゃ」

「え？　フェイリスさんが……？」

「そうじゃ。儂がリヒトのことを伝えたのじゃが、もうちょっとで攻撃されそうになったな。道連れにされそうで怖かったのじゃ」

アリアの報告によって、ドロシーはフェイリスの意外な一面を知ることになる。

いくらリヒトが攫われたと言えど、自分の主《あるじ》に攻撃をしようとするだろうか。

アリアが怖かったと感じるということは、恐らく本当に道連れの一歩手前だったということで間違いない。

もしもドロシーがフェイリスの元に行っていたら、大変なことになっていた可能性が高かった。

「……ボクのせいです」

「相手が悪かったと考えるしかないのじゃ。儂と同じ魔王が相手なのじゃから、あの場にロゼがいたとしても同じことになっていたじゃろう。別にドロシーが悪いというわけではない」

「でも――」

ドロシーが自分の責任について話しているところで。

アリアはポンとドロシーの頭に手を乗せる。

「儂らに任せておけ。すぐにリヒトを取り返してやる。ドロシーはその手伝いをしてくれればよいのじゃ」

「本当にいいんですか……？」

「もちろんじゃ。その代わり、死ぬではないぞ。リヒトは近くにいないのじゃからな」

アリアからのもっともな忠告。

今まではリヒトが傍《そば》にいたため、死んでも復活することができる状況だった。

しかし、今は違う。

殺された場合はすぐに復活することもできず、そもそも生き返れる保証すらない。

この条件のせいで、戦い方を大きく変える必要が出てきた。

今予想される一番大きな問題は、フェイリスがほとんど機能しなくなるということ。

リヒトの《死者蘇生》を前提とした能力を持つフェイリスは、実質的に封じられたと言っても過言ではないだろう。

「……頑張ります、魔王様」

「その意気じゃ。立ち直ってくれただけでも安心したぞ」

「はい、心配をかけてしまいました。魔王様はこれからお休みになるんですか？」

「うーんと、これからロゼとフェイリスのところに行く予定じゃ。ロゼはお主よりも重症じゃからな——まあ、フェイリスに比べたら軽症と言わざるを得ぬが」

「そうなんですね……」

ドロシーにアリアの苦労は計り知れない。

リヒトは、アリアのことをディストピアに絶対に必要な存在と称していた。

その時は一番戦闘力が高いんだから当たり前じゃん程度に考えていたが、今になってようやくリヒトの言いたかったことが分かる。

ヴァンパイア、ハイエルフ、亜人、人間、これらの種族をまとめ上げる能力に、なおかつ頂点に君臨する強さ。

どちらかではなく、この二つを併《あわ》せ持っていることがアリアの凄さだ。

人間に置き換えてみれば、冒険者の頂点がそのまま国を統治しているようなもの。

つまり絶対に有り得ないことである。

アリアが動けば、きっとロゼもすぐに立ち直らせてしまうのだろう。

ならば今のドロシーにできることは、その邪魔をしないことだけだった。

「……明日ですね。準備しておきます」

「夜更かしするでないぞ」

と、アリアは冗談を交えて部屋をあとにする。

この瞬間だけは。

こんな大変な状況なのにも拘わらず、そんなことを感じさせないような、いつもと同じアリアであった。

＊＊＊

「……リヒトさん」

朝。

寝起きのロゼの第一声は、攫われてしまった仲間の名前であった。

昨日その情報を聞いてから、ずっとリヒトのことを心配し続けている。

散々泣きじゃくったため、その疲れが少し体に残っているのは否めない。

いつもならどれだけ仕事をしても疲れを残すことはないが、今回は精神的に参っているのだろう。

アリアの話によると、リヒトの救出を決行するのは今日だ。

この疲れが作戦に響くのでは本末転倒《ほんまつてんとう》である。

「……うぅむ」

「あ、魔王様……」

隣から聞こえる眠そうな声。

自分の好きな良い匂《にお》いがする。

そして、何か柔らかいものが自分の手に当たる。

その正体は、自分が心から尊敬している魔王であった。

何故アリアが自分の隣で寝ているのか――寝起きの頭が、昨日の記憶を思い出していく。

「――そうだった。魔王様は私のために……」

それを思い出すまでに、ロゼが時間を必要とすることはない。

むしろ、忘れられるはずがない。

昨日――泣き疲れて眠るまでは、ずっとアリアの胸を借りていた。

いつものアリアなら嫌がって離れようとしただろうが、昨日だけは何も言わずに受け入れてくれたのだ。

眠そうな唸《うな》り声を出すアリアの様子を見ると、ロゼが眠った後もしばらくは起きてくれていたらしい。

「……うぅん。ロゼ、起きたのか……？」

「はい。魔王様」

目を開かず、芋虫《いもむし》のようにうねうねと体を動かすアリア。

パジャマ姿のアリアを見るのは久しぶりだ。

魔王の威厳を取り払った、今だけしか見れない姿である。

「眠い……」

ついつい漏れるアリアの声。

リヒトを助けに行く前とは思えないほどの余裕だ。

それとも。

自分のせいで寝不足になっているのでは、とロゼの心の中に少し罪悪感が生まれた。

「……もう泣き止んだか？」

「は、はい……ご迷惑をおかけしました」

「よいよい。気持ちは分からんでもないからな。溜《た》め込まれても困るし、スッキリしたならそれでよいのじゃ」

大きくあくびをしながら、アリアはようやくその黄色い目を開く。

少し目が合っただけでも、引き込まれてしまいそうな瞳《ひとみ》だ。

じっと見つめていたら、プイっと目線を逸《そ》らされてしまった。

「さて。今日ばっかりは集まりに遅刻することはできんぞ。みんな本気じゃからな」

「えっと……フェイリスもですか？」

「いや。リヒトが抜けてしまったから、フェイリスは留守番じゃ。もんのすっごいほど抗議されたがな」

「で、ですよね」

アリアの決断に、ロゼは納得せざるを得ない。

リヒトと共に行動することで、初めて真価を発揮するフェイリス。

リヒトがいないこの状況では、下手に動かない方が得策である。

しかし、それはあくまで理屈での話だ。

この魔王軍の中で、リヒトが攫われたことに一番ショックを受けているのは間違いなくフェイリスだろう。

アリアの判断は正しいと自信を持って言えるが、少しだけかわいそうだとも考えてしまう。

「あそこまで感情的になられたのは初めてじゃったなぁ。まさかリヒトがいなくなるだけで、こんなに大変になるとは思わなかったぞ」

「……はい」

「ロゼもな」

「ふぇ⁉」

ニヤリとアリアが笑う。

どうやら、ロゼの気持ちはアリアにしっかり見抜かれているらしい。

別に隠していたというわけではないが、やはり直接言われてしまうと恥ずかしさが勝ってしまった。

それもフェイリスの話をした直後である。

「ライバルがフェイリスなのは悩みどころじゃが、チャンスは全然あると思うぞ」

「ま、魔王様！　何を言ってるんですか！」

「ロゼがリヒトを救出したら、一気に距離が縮まるかもしれぬな」

「そ、そんな不純な気持ちで戦いたくないです……！」

ロゼは照れを隠すように声を大きくする。

アリアの話に食いつきそうになった自分が情けない。

救出確率が高い他《ほか》の方法があるなら、ロゼは迷わずそちらの方を選ぶ。

リヒトの安全が何よりも重要だ。

「まあ半分冗談じゃ。それに、フェイリスにも条件付きで留守番を飲んでもらったことじゃし、リヒトが帰ってきたら面白くなりそうじゃぞ」

「ど、どんな条件だったんですか……？」

「それは……フェイリスの名誉のために言わないでおく」

さてさて——とアリアが立ち上がる。

この会話で完全に目を覚ましたらしい。

露骨に周りの空気が冷たくなったような気がした。

それほどまでに、今回はアリアも本気だということだ。

話の続きが気になるところであったが、それは終わってからゆっくり聞けばいいだけである。

そのためにも、この戦いは絶対に勝たなくてはいけない。

ゴクリとロゼは唾《つば》を飲み込み、ペチンと両頬《ほお》を叩いて気合を入れる。

隠していた爪《つめ》と牙《きば》。

覚悟を決めたヴァンパイアは、大きく深呼吸をして立ち上がった。

「おはようございます、魔王様」

「うむ。集まっておるようじゃな」

照りつける太陽。

ロゼが外の世界に出るのは久しぶりだ。

ヴァンパイアであるため、眩《まぶ》しい光に一瞬怯《ひる》むものの、強い意志でしっかりと踏ん張っている。

この場にいるのはフェイリスを除いた五人。

ほぼ全員で西の魔王の元へ向かうことになった。

その間はダンジョンが完全に無防備になってしまうものの、そんなことは気にしていられないほどの異常事態である。

ディストピアよりもリヒトの存在を優先した結果――この判断に文句を言う者は誰もいない。

「お姉さま、もうみんな準備できた？」

「大丈夫そうよ、イリスちゃん」

「……やけに二人とも準備がよいな」

フェンリルの状態を確認しながら、イリスはキビキビと出発の準備を完了させていた。

ここまで気合いが入っているのも珍しい。

いつもならティセの後ろに立っているイリスも、今日だけは前に立って引っ張っている。

「じゃあ、イリスとお姉さまとドロシーさんはフェンちゃんに乗る。ロゼと魔王様は足を用意しなくても大丈夫？」

「そうじゃな。ロゼもそれで良いじゃろう？」

「はい」

イリスのもっともな提案。

これに文句を言う者は誰もいない。

アリアやロゼであれば、フェンリルに乗るよりも自分で移動した方が圧倒的に速かった。

「あれ、ロゼさん。牙が――」

「あ、あまり見ないでください……ドロシーさん」

ドロシーが気になったのは、いつもと違って剥《む》き出しになっているロゼの牙。

それを受けて、ロゼは恥ずかしそうに牙を隠す。

乙女《おとめ》として、あまり剥き出しの牙は見られたくないようだ。

覚悟は決めていたとしても、やはり羞恥《しゅうち》心は残っているらしい。

ドロシーも様子を察して、それ以上は何も言うことはなかった。

「ドロシーも落ち着いたみたいじゃな。少し心配しておったが、完璧《かんぺき》に立ち直ってくれて良かったのじゃ」

アリアはチラリとドロシーの方を見る。

「……昨日はすみません、魔王様。こういうことは初めてだったので……」

ドロシーがこれまで生きてきた中で。

知らぬ間に仲間を失うことはあっても、自分の力不足によって目の前で連れ去られた経験はない。

だからこそ。

今回のような時に強くショックを受けてしまう。

自分自身ですら、抑えきれない感情に困惑したほどだ。

「ロゼもドロシーも大泣きで大変じゃったからのぉ」

「ま、魔王様……!?」

「どうして言っちゃうんですか！」

ロゼとドロシーは慌ててアリアの口を塞《ふさ》ごうとするが――時すでに遅し。

イリスとティセの耳に、しっかりとその情報は届いている。

イリスは不思議そうに。

ティセは面白そうに。

その光景を眺めていた。

「お姉さま、二人はなんで恥ずかしがってるの？」

「色々な理由があるのよ、イリスちゃん」

「ふーん」

どうしてロゼとドロシーは顔を赤くしているのか。

子どもであるイリスの好奇心が反応したが、今その答えは分かりそうにない。

「安心しろ、リヒトには内緒にしておいてやるのじゃ」

「……！　ということは――」

「そういうことじゃな。さっさと助けてやるぞ」

アリアのこの一言に。

二人は大きな返事で答えることになる。

「じゃあ行こう、お姉さま。ドロシーさんも乗って」

「う、うん」

フェンリルの大きな背中に、ドロシーはフラフラとバランスを取りながら座る。

人間界にいた時は敵であったはずのフェンリル。

その背中は不思議な心地よさを感じた。

「じゃあ魔王様、また後で」

「うむ」

イリスが手を振ると、アリアとロゼは一気に上空まで飛び上がる。

あっという間に二人の影は見えなくなってしまった。

これからはあの二人を追いかけなければいけない。

「ドロシーさん。振り落とされないように掴まっててくださいね」

「わ、分かりました!」

ドロシーはフェンリルの体を掴み、イリスはティセの腰に手を回す。

そして。

ティセが合図を出すと、フェンリルは猛スピードで走りだしたのだった。


「魔王様とロゼ――やっぱり速い」

イリスたちが出発して約三十分。

地上を走っての移動であるため、やはり飛行することができるロゼやアリアとは差がついてしまう。

全速力のフェンリルでも、背中を追うだけで精一杯だ。

「この様子だと、魔王様たちが西の魔王と戦うって感じかしら。計画通り、私たちがリヒトさんの救出に向かうみたいね」

「責任重大……でも、魔王様がそう決めたなら従う」

イリスが弱気になるほど重い役割。

これまでのイリスとティセは、とりあえず敵を倒してくれという命令しか受けてこなかった。

人間たちが攻めてきた時には雑兵の処理、東の魔王軍と戦う時にも雑魚《ざこ》の処理。

今回のように、戦いの目的そのものとなる役割を任されるのは初めてである。

アリアのこの判断が正しいのかは分からないが、自分たちはそれに従うだけだ。

「自信持って、イリスちゃん。大切な役割を任されるってことは、魔王様に信頼されてるってことだから」

「うん。お姉さま」

気合が入っていると言っても緊張はするもの。

そんなイリスの緊張を上手くほぐすように、ティセは優しく頭を撫《な》でる。

そうすると、イリスはすぐに自信を取り戻した。

「リヒト……ひどいことされてないかな」

「……確かに心配ですけど、西の魔王も傷付けるために攫ったはずじゃないから大丈夫だと思いますよ。ドロシーさん」

「そう……だよね。でも、早く助けなきゃ。きっと苦しんでるはずだから」

今リヒトがいる環境を想像して、ドロシーの口から心配の声が漏れる。

ティセは少しでもプラスになるようにポジティブな答えを返すが、実際はどのようなことが行われているのか分からない。

一秒でも早くリヒトを助ける必要がある。

それは三人とも同じ気持ちだった。

「イリスちゃん。そういえば、リヒトさんが捕まってる場所ってまだ分かってないわよね？　大丈夫かしら……」

「全く分かってない。気合いで探すしかないかも、お姉さま」

「それなら大丈夫だよ。ボクの死霊がいるから、場所は何とか分かると思う。ただ、場所が分かっても辿り着けない可能性はあるけど……」

ドロシーの自信なさげなセリフに。

問題ない――とイリスは親指を立てる。

ドロシーの仕事は囚われているリヒトを見つけること。

そこから先はイリスとティセの仕事だ。

いつでも妖精《ようせい》を使役できるよう、既にイリスのスカートはモゾモゾと動き始めていた。

「……イリスちゃん、今日は全種類の妖精を使っても良いわよ」

「おお。お姉さまから許可が下りるのは久しぶり。ちゃんと気を付けるけど、お姉さまも巻き込まれないように気を付けてね……？」

「そうね——あ、ドロシーさんも気を付けてください。【魅了《みりょう》】とか【腐敗《ふはい》】の妖精には特に……」

その注意喚起《かんき》に。

ドロシーはゴクリと唾を飲み込んだ。

＊＊＊

西の魔王城。

魔王城というにはボロボロで、今にも崩れそうな柱によってギリギリ支えられている。

しかし、この程度のことなど気にしていられない。

建物などはいつでも直すことができるが、仲間を復活させることは今しかできないのだ。

「ベルナカン様。やはり、あの人間の仲間たちガ助けに来ているヨウです」

「知っている」

「誤算なのハ、その仲間と思われる存在があまりに強大トいうことデスね」

「それを何とかして。アラーネア」

アラーネアと呼ばれた存在は、困ったようにカチャカチャと体を動かす。

二本の触覚、カマキリのような腕にトンボの羽——その他諸々《もろもろ》の昆虫の部位で形成された体が、

この不快な音を鳴らしていた。

いくら無茶な指示と言えども、魔王に従う者である以上、最善の答えを出さなくてはならない。

体中に複数ある脳みそで、どのようにするべきか考え続けている。

「魔王様。今確認している敵は二人デス。片方ハ何とかなりそうデスが、もう片方は桁違《けたちが》いなので自分デハどうしようもありません」

「それなら片方は任せる。もう片方はワタシ」

「かしこまりまシタ」

アラーネアはホッと胸を撫で下ろす。

流石のベルナカンでも、同時に二人の相手を命じるようなことはしなかった。

どちらも自分だけで挑むとなったら、勝機は確実なゼロだ。

いくら死者蘇生の能力を持った人間を捕まえたとはいえ、蘇生してもらえる保障はどこにもない。

現にその問題でベルナカンは頭を悩ませている。

「ベルナカン様。仲間ノ復活は可能なノでしょうか？」

「今りひとにやらせようとしている。だけど、もう少し先になりそう」

「そうデスか……」

「でも時間の問題。ここを凌《しの》ぐことができたら、ワタシたちはあいつに復讐できる」

ベルナカンはグッと拳《こぶし》を握る。

あいつ――とは、西の魔王軍の主力がベルナカンとアラーネア二人だけになってしまった元凶。

南の魔王だ。

「南にいる魔王ハ派手に動いてイルらしいデスね」

「あの時は油断した。けど普通に戦えばワタシが勝つ」

話しているだけでも、南の魔王に対して湧《わ》いてくる憎悪。

魔王はお互いに干渉しないはずだったものの、南の魔王はそれを破って攻撃を仕掛けてきた。

そのせいで自分の主力配下は九割以上が殺されてしまい、今はアラーネアしか残っていない。

今はまだ復讐することができないが、いずれ必ず後悔させせながら殺す。

そのために必要なのがリヒトの能力だ。

死んでしまった配下たちを蘇生させ、もう一度完璧な状態で西の魔王軍を再結成する。

そこで問題になってくるのは、元々リヒトを囲っていた別の魔王の存在。

「リヒトという人間ガ、既に他の魔王ニ囲われていたのハ不運でしたネ」

「……それは仕方がない。結局ここで勝って奪えばいいだけ」

「サヨウですか」

今回は拉致《らち》する形でリヒトを奪ってしまったため、リヒトを所有していた魔王は何としても取り返しに来るだろう。

リヒトは替えが絶対に利かない存在であるため、これは当然の反応だ。

自分もその魔王と同じ立場であれば、全戦力を費やしてでも奪還の計画を立てる。

つまり自分たちは、本気の魔王と真っ向から対峙《たいじ》しなくてはならない。

それに勝利しなくては、全ての計画が水の泡になる。

どちらも《死者蘇生》が使えない今、生きるか死ぬかの勝負だった。

「だからアラーネア。絶対に勝て」

「――了解」

ベルナカンの発言を聞くと、アラーネアはカタカタと体を震わせながら敵の元へと向かう。

この震えは恐怖などではなく、臨戦態勢に入ったという合図だ。

体の中で飼っている虫も、敵に卵を産みつけようと口から溢《あふ》れ出している。

「あ、汚いから今虫は出さないで」

「……ひどいナァ」

罵倒《ばとう》半分の激励を受けながら。

アラーネアは、カマキリのような腕で器用に口を塞ぎつつ、そそくさとこの場を後にすることになった。


「リヒトさーん！　どこですかー！」

ボロボロの城の中に響き渡るロゼの声。

リヒトからの返事を期待しているが、聞こえてくるのは反響した自分の声だけだ。

リヒトの捜索は残りの三人に任せているため、ロゼがこのようなことをする必要はない。

むしろ、相手に自分の位置をバラしているようなものであるため不利になっている。

しかし、それでもロゼは探し続けた。

早く助けてあげたいという気持ちが先行して、段々と呼びかける声は大きくなっていく。

「リヒトさ――」

「……りひと君ならココにはいませンよ。残念でしたネ」

「――っ、誰ですか！」

ロゼの目の前に現れたのは、とにかく奇妙な生物であった。

耳にするだけで気分が悪くなる音――いや、声。

口の形が発音に適していないらしい。

今までに体験したことがないような寒気がする。

遺伝子レベルで、体がこの生物に嫌悪感を示しているような。

そんな不思議な感覚になった。

「アラーネアと呼んでくだサイ。決して怪しいモノではありませンよ」

「リヒトさんはどこですか！　リヒトさんを返してください！」

「教えても意味がナイので教えませン。貴女《あなた》には虫たちの餌《えさ》になってもらいマス」

アラーネアはそう言うと、口の中から苦しそうに数個ほど卵を吐き出す。

すると、その卵たちは僅か数秒ほどで孵化《ふか》し、気持ちの悪い成虫の姿で現れた。

どれも見たことのない種類であり、どのような特性を持っているのか見えてこない。

つまり、リヒトの力が借りられないこの状況では、様子を見るしか選択肢がなかった。

「ソウいえば。貴女の相方、凄く強いデスね。アノ身体《からだ》に卵を産み付ければ、強い虫たちが生まれそうデス」

「フフ、それは絶対に無理ですよ」

安い挑発に心を乱すことなく、ロゼは笑ってその言葉を受け流す。

絶対にそんなことはできないと、アリアの実力を心から信頼しているためだ。

「……ナラ、やっぱり貴女ノ身体を栄養にするとしマス」

「……望むところです」

互いに睨《にら》み合うこの状況。

先に動いたのは、生まれたばかりの虫たちであった。

確かに虫というだけあって動きは速い。

それでも、ロゼの動体視力があれば十分に対応できるレベルだ。

「虫が調子に乗らないでください！」

近寄ってくる虫を、ロゼは鋭い爪で容赦なく引き裂いた。

何か特殊な効果を持っているのではないかと一瞬戸惑ったものの、緑色の液体をばら撒《ま》くだけでその虫の生命は終わる。

フェイリスほどの能力を持っているとは思えないが、かなり危険な賭《か》けだったのも事実。

アラーネアのようなタイプは初めてであるため、手探り状態での戦いとなりそうだ。

「……かわいそうデスね。生まれてきたばかりダトいうのに」

アラーネアは、ちぎれた虫の足を拾いながら呟く。

アラーネア本体が虫だからなのか。

そこに怒りという感情は見られない——それが余計に不気味さを際立たせていた。

「ふざけないでください！　今すぐリヒトさんの場所を言うのが身のためですよ！」

「それは無理デス。死者を蘇生スル能力は、今の私たちニ必要な能力デスからね」

ロゼの言葉に聞く耳を持たず。

アラーネアは虫と共にロゼへと近付く。

全くロゼに気圧《けお》されているような様子はなく、むしろ侮っているようにさえ思えた。

その様子からは、何か絶対の自信のようなものが感じ取れる。

「言っておきマスが、私の血は吸わない方がいいデスよ」

「……チッ」

ロゼはこれからの行動を言い当てられ、前に出そうとした足を止める。

恐らく、アラーネアが言っていることは正しいことだろう。

人間と違って、虫という生物の血はヴァンパイアと相性が悪い。

運が悪ければ、ダメージを受けるのは自分の方だ。

血が吸えないということは、ロゼの攻撃手段が一つ封じられたのと同義である。

敵を自分の下僕にする《眷属化《けんぞくか》》も使えない。

「チナみに、ヴァンパイアと戦って負けたことは一度もありまセン。美味ダカラついつい狩り尽くしてしまいまシタが、また出会えるとは幸運デス」

「……っ！　後悔させてあげます」

ここでやっと、ロゼは自分の両親が言っていたことを思い出す。

虫には気を付けろ――という言葉を。

（流石に厳しいですね……。お父様なら五分五分以上の勝負ができたかもしれませんが、今の私だと圧倒的に不利です……）

ヴァンパイアとアラーネア。

ここまで不利な戦いは珍しい。

かって戦ったヴァンパイアたちも、吸血そのものが効かない虫たちに苦戦したようだ。

アラーネアの余裕すぎる態度から、何人もヴァンパイアを殺してきたことが読み取れる。

人間の中に吸血鬼狩りという存在がいたが、そのような者たちとは格が違う。

もともと非捕食者側の人間たちが努力したところで、その限界はたかが知れているのだ。

生まれながらにしてヴァンパイアを餌とするアラーネアには遠く及ばない。

「――眷属たち！」

ロゼは、体につけていたピアスやネックレスをコウモリへと変える。

血を吸うことはできなくても、虫たちの邪魔をすることくらいはできるはずだ。

アラーネアと一対一の勝負。

これでもまだ分が悪いと言えるが、今の時点で作れる最善の状況だろう。

虫たちに餌として食い破られるコウモリを横目に、ロゼは鋭い牙を剥き出しにしながら突っ込んだのだった。

「――ホウ」

ロゼが選んだのは接近戦。

アラーネアの間合いに入ってはしまうものの、それは同時に自分の間合いに入っているという

ことでもある。

ロゼには鋭い爪と牙があるため、この距離であれば純粋な力勝負に持ち込めるはずだ。

アラーネアは、ロゼの腹部を抉《えぐ》るようにして。

ロゼは、アラーネアの首の隙間《すきま》に爪をねじ込むようにして。

お互いに、致命傷を狙える場所へと攻撃を仕掛けていた。

アラーネアが痛覚を持っているか不明だが、ロゼは腹部に激痛を感じながらの力比べである。

長引かせるわけにはいかないため、明確な殺意を込めて力を入れた。

「死んでください……！」

「……カカカカ」

アラーネアの声が漏れる。

これは苦しんでいるのか――それとも笑っているのか。

ブチブチと体内にある重要そうな器官を引きちぎって、少なからずダメージは与えているはずだが。

「凄いデスね。臆《おく》さずに突っ込んでくるトハ……」

アラーネアの口から出たのは、感心するような言葉。

これまでに遠くから攻撃をするヴァンパイアは多々いたが、ロゼのように首を強引に狙ってくるヴァンパイアはいなかった。

実際にその判断は間違っていない。

アラーネアがヴァンパイアに取られて嫌な行動の一つが、接近戦に持ち込まれてしまうこと。

怯まずにこの戦法を取れるヴァンパイアは初めてである。

ぬくぬく育てられたヴァンパイアだろうと舐《な》めていたが、それなりの知識は持っているようだ。

「特に首を狙うなんテ、やりマスね……」

「かつてお父様が教えてくれましたから……グッ！」

もう少しでねじ切れそうなアラーネアの首。

しかし、ロゼの方のダメージも無視できないほどに深刻である。

床に流れている赤い液体がロゼの血。

形容しがたい色をした液体がアラーネアの血。

腹部を見たら余計に痛みを感じてしまうため確認できないが、相当な傷になっているだろう。

それでも。

ロゼは離れようとしない。

あくまで、ここで決着をつけるつもりだ。

「貴女、死にマスよ……？　手を離さないつもりデスか？」

「私が死んでも、リヒトさんが絶対に助けてくれます」

アラーネアは驚いたように口を動かす。

まさかリヒトがいないこの状況で、ここまでロゼが捨て身になれるとは予想していなかったらしい。

それほどリヒトのことを信頼しているのか。

アラーネアの記憶の中にいるヴァンパイアなら、反射的に手を放すか、一旦《いったん》距離を置いて自分

の身を守ろうとするはずだ。

「イ……イィ……」

やはりこのヴァンパイアは一味違う。

「グ……ガ」

そして――このままではマズい。

様々な考えが頭の中で交差しているが、それだけは考えるまでもないことだった。

「フ、フザケ……」

咄嗟《とっさ》にロゼへの攻撃をやめ、アラーネアが防御へ移ろうとした瞬間。

パキリと無慈悲な音が響き渡る。

アラーネアの想像を遥《はる》かに上回るパワー。

完全に頭と体を切り離し、ドクドクと動く何かを引き抜いた。

それが何の役割を果たしている器官なのかは不明だが、かなり重要な器官だったらしい。

それを破壊すると、アラーネアの動きは痙攣へと変わり――。

ロゼへの攻撃も、間に合わなかった防御も、パッタリと途切れる。

「……や、やった？」

目の前にあるのは、未《いま》だに痙攣しているアラーネアの死体。

頭と体が完全に分離しているため、もう攻撃してくる気配は一切ない。

一応警戒はしておいたが、勝利を確信してもよさそうだ。

「っつ……」

と、ロゼが気を抜いたタイミングで。
傷付けられた腹部が、止まっていた痛みを訴え始める。
鋭いトゲの足で抉られたため、簡単に修復することができないほど深い傷だ。
致命傷とまでは言わないが、今すぐには動けそうにない。
(このダメージ……魔王様の手助けには行けそうにないかも……)
仕方なくその場に座り込むロゼ。
このまま静かにしていれば、何とか自分の治癒《ちゆ》能力で回復はできるだろう。
敵に見つからないことを祈り、ロゼは静かに回復を待つ。
その時だった。
「――うぐっ!?」
ボンと、自分の腹部から血が噴き出す。
痛い。攻撃された?
まさか、まだアラーネアは生きているのか。
いや、そんなはずはないとロゼは首を振る。
アラーネアの体はもう動いていない。
アラーネアが産み落とした虫も、眷属と相打ちになって息絶えていた。
それならば他の敵による攻撃か――それも自分の中で否定される。
この近くに敵がいるとしたら、流石に満身創痍《まんしんそうい》な今でも気付くことができるはずだ。
最後に、ロゼは血が噴き出した自分の腹部を見る。

「そ、そんな……」

そこにあった答え。

自分の腹部から飛び出してきたのは一匹の虫だった。

どうやら、交戦中既に卵が産みつけられていたらしい。

ボン。

ボン。

ボン――と。

次々に体から飛び出してくる虫。

虫たちが出てくる度に、自分の臓器も一緒に飛び出している。

地獄のような光景だった。

「み、みんな……」

虫たちはロゼの体から出ると、一直線にイリスたちがいるであろう方向へと飛んでいく。

ロゼはそれを邪魔することすらできない。

そんな悔しさに包まれながら。

ロゼの意識は途切れたのだった。

＊＊＊

「いない……」

「こっちにもいませんね……」

魔王城の中でリヒトを探し続けるイリス、ティセ、ドロシー。

やはりそう簡単に見つかるわけがなく、成果の出ない時間がどんどんと過ぎ去っていく。

「リヒトさん……どこにいるのでしょう」

「ドロシーさんの死霊は何か見つけた？」

「ううん。もう少しかかるみたい」

かれこれ十数分ほど呼びかけてみるも、リヒトの声が聞こえてくる気配はない。

ドロシーの死霊にも、リヒトを示す反応は見られなかった。

わざわざ人間界に来てまで捕らえたリヒトを、簡単に奪い返されるような場所には置いておかないはずだ。

もしかすると、捜索を妨害する結界を張られて死霊が意味をなしていない可能性だってある。

全体的にボロボロな様子であるが、地下まで含めるとかなりの大きさを誇る城だった。

一向に捜索の手応《てごた》えが感じられない。

「——お姉さま、何か来てる」

そこで。

イリスがピクリと耳を動かす。

聞こえてくる音から判断すると、何匹かの虫がまとめて向かってきているらしい。

これまでに聞いたことのない種類の羽音であるため、自分の知っている虫ではなさそうだ。

今の時点で判明していることは、敵なのは間違いないということだけである。

「イリスちゃん、使うの？」

「うん。ちょうどいい」

「分かったわ」

その返事を聞くと、ティセはドロシーの手を取りイリスから走って離れた。

まるで魔王を前にしたかのような全力疾走。

どことは言わないが、ティセの巨大な部分が見事に揺れている。

「ティ、ティセさん？」

「すみません、ドロシーさん。イリスちゃんが危ない妖精を使うみたいなので」

「な、なるほど……」

危ない妖精――かなりアバウトな説明であったが、ティセの様子を見るだけでどれほど危険か理解できる。

少なくとも、百パーセント巻き添えを食らわない位置まで避難する程度。

ドロシーには見守ることしかできない。

《妖精使役《ようせいしえき》》

「……！　虫がこっちに流れてきてますよ！」

「いえ、大丈夫です」

イリスの隣を素通りするかのようにして、一匹の虫がフラフラとやって来る。

少し様子がおかしいが、自分たちを攻撃しようとしているに違いない。

イリスが狩り損じた一匹だけなら、まだドロシーでも対応できる。

そう思って杖を握ったら、隣のティセがポンとドロシーの肩に手を置いた。

「あれはもうイリスちゃんが――」

「え？」

ティセの言葉通り。

その虫は二人の姿に見向きもせず、横を今にも落ちそうな飛び方で通過した。

一体何が起こったのか。

ドロシーが考えている間に、イリスが敵であるはずの虫たちを引き連れて近付いてくる。

「イ、イリスさん、この虫たちはどうして――」

「今は一時的に魅了してる。流石に【魅了】の妖精を使ったら耐えられないかと思ったけど……大丈夫だったみたい」

それで――とイリスは付け加える。

「虫たちに、リヒトさんのところへ向かわせる命令をした。これで見つけられるかも」

ドロシーは、その話を聞いて思わず振り返る。

フラフラと今にも死んでしまいそうなこの虫が、リヒトを探すための道標《みちしるべ》だ。

途中で力尽きないことを祈りながら、三人はその後を付いていくしかない。

「リヒト……見つかるかな」

「きっと大丈夫。頑張ろう」

滅多にないイリスの激励。

そして、イリスはドロシーの手をギュッと握った。

これがイリスなりの優しさなのだろう。

アリアに慰めてもらったこともそうだが、昨日今日と仲間に迷惑をかけてばかりでいる。

このままではいけない。

自分の手でリヒトを取り返すくらいの気持ちが必要だ。

「行こう」

イリスが引っ張ろうとする前に、ドロシーは自分の足で歩き出した。


「――止まった。多分この部屋」

虫たちに付いていくこと十数分。

ある一つの扉の前で、全ての虫が飛ぶのをやめた。

恐らくこれは、地下牢《ろう》にでも繋《つな》がる扉。

この行動が偶然でないのならば、この扉の先にリヒトがいるということだ。

ドロシーがソワソワとした様子で扉を見つめている。

「……でも鍵がかかってるわ。どうするの？　イリスちゃん」

「……今考えてる、お姉さま」

ポン――と、案内の役割が終わった虫たちを爆発させ、イリスはこれからの行動に集中する。

目の前にあるのは堅く閉ざされた扉だ。

無機質なものであるため、妖精や精霊ではどうすることもできない。

かといって、力ずくで開けられるようなものでもない。

アリアかロゼがいれば強引に開けることができたかもしれないが。彼女たちは敵と戦っている真っ最中であろう。

「……死霊だけならこの部屋の中に入れるかも」

「え──」

そんな行き止まり状態の中で──動いたのはドロシーだ。

妖精や精霊とは違い、死霊ならば僅かな隙間でも通り抜けることができる。

イリスとティセの返事を聞く前に、ドロシーは死霊を部屋の中へと忍ばせた。

「──いた。リヒト以外の存在が二人」

「だ、だいじょうぶ？」

「耐性を持ってないみたい。いける」

「──ウグォ!?」

「──フグゥ!?」

僅かに聞こえたのは、何者かのうめき声。

イリスとティセには、扉の向こう側で何が起こっているのか分からない。

ただ、状況はかなり良さそうだ。

「……ふぅ」

「──あ！　開いた！」

ドロシーの活躍によって、見事内側から鍵が開けられる。

部屋にいた者の魂を抜き取り、その肉体へドロシーの死霊を憑依《ひょうい》させる技。

かなり難易度の高い応用技術だったが、ドロシーにとっては失敗する方が難しいくらいだ。

中からは、魂を抜かれて表情の死んでいる獣人が現れた。

「この獣人たち……やけに弱かったけど、寄せ集めなのかな？」

「そんな人手不足な魔王軍ってありえるの？　お姉さま」

「うーん……何か特別な事情がないとありえないわね。でも、道中で全然敵とも会わなかったし、もしかして……」

あまりの弱さと呆気《あっけ》なさに、何か罠《わな》にはめられたのではないかと疑問が浮かぶ。

しかし、これといって何も起こるような気配はない。

敵が湧いてくるということもなく、フェイリスのような能力も持っていなかった。

かなり不可解な状況だ。

そんな、数秒の沈黙があったところで。

まあいいや――と、イリスが切り出す。

「お姉さま、この獣人どうするの？」

「そうね、別にどうしても怒られないんじゃないかしら」

「分かった」

ニヤリと笑うイリス。

ティセの了承を得ると、イリスは様々な恨みを込めて【腐敗】の効果を持った妖精を一匹押し付けた。

するとその獣人の体はドロドロと溶け始め、あっという間に原型を失ってしまう。

これがティセの言っていた危険な妖精らしい。

確かにこれを生きた肉体に使われれば、それは死ぬよりも苦しい思いをすることになるだろう。

「《精霊使役《せいれいしえき》》」

もう一匹の獣人の肉体に、ティセの精霊が溶けるようにして入っていく。

こちらはイリスのようなグロテスクな効果は持っていないようだ。

むしろ、美しいとすら思えるような光景。

獣人の体を栄養にして花が咲き、地面に大きな根っこを張る。

花に全ての栄養を持っていかれてしまったのか、獣人の体はすぐカピカピに干からびた。

「――こんなところかしら」

「うん、お姉さま」

満足そうな二人の顔。

獣人をむちゃくちゃにしたことによって、スッキリしたという雰囲気を出している。

既に魂を抜かれている体ではあるが、そんなことは関係ない。

もしこの場にフェイリスがいたとしたら、持っているナイフで獣人の死体を滅多刺しにしていたはずだ。

当然フェイリスだけではなく――アリアを含めた全員が、報復という行為に強いこだわりを持っていた。

大人《おとな》しいイリスでも、温厚なティセでも。

その根元にあるものは変わらない。

「あれ、ドロシーさんは？」

「地下牢の方に走っていっちゃったわ」

「それなら早く――」


「リヒト――！　大丈夫!?」

二人がドロシーを追いかけようとしていたところで。

獣人から鍵を奪い取り、一人で黙々とリヒトを探していたドロシーが声を上げる。

死霊によって大体の位置は分かっていたものの、暗い地下牢の一室で縛り付けられていたため、発見に時間がかかってしまった。

「ごめんね、リヒト。ごめんね」

「……」

急いで牢の鍵を開け、器用に腕を縛っている錠も外す。

リヒトの意識がないことを確認したドロシーは、体におかしな傷が付けられていないかを探した。

「ドロシーさん、どう……？」

「意識はないけど……多分大丈夫だと思う」

「良かった。ならすぐにロゼのところに行こう」

「え？　ロゼさん？」

「うん……ロゼが負けるはずないって信じたいけど、何だか嫌な予感がする。魔王様よりロゼの方を先にした方が良さそう」

縛り付けられているリヒトを解放し、慣れたようにおんぶするティセ。

ティセもロゼがいるであろう方向に体を向けている。

ずっと長く一緒にいる存在であるだけに、感じ取れるものがあるのかもしれない。

ならば、ドロシーはそれに従うだけだ。

「心配しなくても、魔王様は絶対に負けませんから——行きましょう、ドロシーさん」

「は、はい」

「出発」

イリスにまた手を掴まれるドロシー。

その手を握り返した時には、もう既に走り始めている。

今だけは、アリアとロゼの無事を祈ることしかできなかった。

＊＊＊

「邪魔するぞ」

「…………」

「こうして顔を合わせるのは初めてじゃったな、ベルナカン。てっきり儂はもっと凶悪な姿を想像しておったが、意外と陰気臭い格好じゃ」

リヒトを取り返すため、ベルナカンと対面するアリア。

イメージしていたベルナカンとは、ボロボロの魔王城も含めてかなり想像と違う姿だった。

ベルナカンに何があったのかは知らないが、どこか既に疲弊しているようにも見える。

少なくとも、最初の予定よりは楽な戦いになりそうだ。

「ワタシも予想外。もっと鬼みたいな奴が来ると思ってた。大魔王がこんな子どもだなんて」

一方ベルナカンは、玉座の上で体育座りしていた姿勢を崩さずにアリアを睨む。

長い髪の毛の隙間から、死んだ魚のような目がジロリとアリアを見つめていた。

アリアのことは、昔から生きている魔王なら誰もが知っている。

想定されるパワーは自分たちの数倍と謳《うた》われ、どの魔王もその力を恐れてアリアに手を出すことはしなかった。

噂では、百年前にとてつもない化け物に襲われたことによって命を落としたと聞いていたが。

まさか。

「大魔王アリア……りひとの能力で蘇《よみがえ》ったか」

「ハハハ！　その通りじゃ！」

ベルナカンの推理は、一ミリのズレもなく完璧に的中している。

よりによって大魔王の手にリヒトが渡ってしまっていたという事実。

自分がもう少し早く見つけていればと後悔しそうになったが、そんなことを今さら言っていても仕方がない。

どのようにしてアリアを倒し、リヒトを我が物とするか。

少しの間沈黙していると、今度はアリアの方から話し始めた。

「さて。ドロシーに聞いたのじゃが、お主は念力とやらを使うようじゃな？」

「……ドロシー？　あぁ、あの人間……か。首の骨をへし折ったはずだが、生きていたとは
──」

いや──と、ベルナカンは自分自身でその考えを否定する。

ただの人間があの状態から助かるとは思えない。

となれば、何が起こったのかは火を見るよりも明らかだ。

「あの一瞬でりひとはあいつを蘇生したのか！　さすがは死者蘇生の能力……！」

リヒトの能力に興奮するベルナカン。

能力自体を信じていなかったわけではないが、実際に殺した相手が生き返ったという話を聞くことでその力を確信したらしい。

まさに自分が追い求めていた能力。

非の打ちどころがない。

「喜んでいるところ悪いが、リヒトは先に儂が見つけた人間じゃ。お主には手を引いてもらうぞ」

「──引くわけがない。ワタシがずっと探してきた能力。この能力があれば、ワタシは復讐をすることができる」

脊髄《せきずい》反射のような即答。

ダメ元の交渉も、完全に無駄な時間として消費される。

ベルナカンには復讐という目標が。

アリアには自軍超強化の目標が。

どちらも目標は違えど、喉《のど》から手が出るほどリヒトの存在を欲している。

ベルナカンもアリアも、お互いが全く譲ろうとしていない。

「これ以上話す必要はなさそうじゃな。力ずくで奪い返すとしよう」

「そうなると思っていた。だから準備はできている。この部屋からは逃げられない」

そう言って――。

ベルナカンは玉座に座ったまま、壁に飾り付けられていた鋭い剣をアリアに向かって飛ばす。

アリアからすれば背後の剣であり、完全に死角からの攻撃だった。

ドロシーの説明からかなり応用された念力の使い方であるため、即座に反応することができない。

――もしこの空間が作られていなければ、まともに食らっていたであろう。

「……あれ。避《よ》けた？」

確実に当たるはずだった攻撃は、どういうわけかアリアに余裕を持って回避される。

ギリギリでかわすことならまだ理解できたが、この状況は流石に予想外だ。

アリアは最初の反応が遅れていたはず。

そもそも、どうやって避けたのかがベルナカンの目では捉《とら》えられなかった。

超スピードか、それとも別の特殊な何かか。

ここまで不気味な存在は、アラーネアを含めないとするなら初めてである。

「儂を逃がさぬよう、この部屋を密閉したのは失敗じゃったな」

その言葉の意味を。

まだベルナカンが理解することはない。

「食らえ！」

「クク」

次々に全方位からアリアへと目掛けて飛んでいく剣。

十数本もの量であるが、それらは一本もヒットすることなくかわされてしまった。

それだけでなく、かわす度にアリアの余裕が増しているようにさえ思える。

何か能力を使っているというのは分かるが、それがどういうものなのか全く見えてこない。

ここまで得体の知れない存在は初めてだ。

「儂が何をしたか分からん――って顔じゃな」

「……」

ニヤリと笑いながら、アリアは一歩ずつ玉座へと近付いていく。

自分が負けることなど微塵《みじん》も考えていない――そんな顔だった。

このような態度を取られると、西の魔王としてのプライドも黙っていない。

剣を飛ばして様子を見るのはもう終わりだ。

ドロシーを殺した時と同じように、念力をアリア本体に向けて行使する。

剣と違って目に見えるものではないため、避けることはどうやっても不可能だ。

「――ほぉ」

アリアも異常に気が付いたらしい。

足や腕だけでなく、身体全身に今までにない負荷が訪れた。

まるで自分の周りだけ重力が数百倍になったかのような感覚。

ドロシーいわく、まともに動くことすらできなかったという話であったが、それも理解できるような気がした。

少なくとも人間には強すぎる念力である。

「なかなか面倒な技じゃな。こうして動けなくさせているうちに始末するつもりか」

なるほど——と納得するアリア。

こんな時にも分析するような余裕があるようだ。

アリアの言っていることはほとんど合っているが、一つだけ間違っているところがある。

この念力は動けなくさせるための念力ではなく、隙をついて即死させるための念力だった。

本来ならアリアの体はグチャグチャになっているはず。

しかし、実際は変形することはおろか、そこまでダメージを負っている様子さえない。

このままだと、本当にアリアが言っているような戦法になってしまう。

「……どちらにせよもう終わり。このまま動けずに死ね」

ようやく玉座から立ち上がり、動けないであろうアリアの元へと近付いていく。

念力に押し潰《つぶ》されず耐えられるのは予想外だったが、手順が一つ増えただけだ。

ドロシーのように首をへし折っても良し、確実に殺すため首をはね飛ばしても良し。

生殺与奪《せいさつよだつ》の権利は完全にベルナカンが握っている——はずだった。

「──ヴッ!?」

ベルナカンがアリアの首に手をかけた途端。

逆にアリアが、ベルナカンの首を力強く掴んだ。

念力を弱めたつもりはない。

今アリアは、深海の水圧を優に超える力を受けているはずである。

どうしてアリアに笑っている余裕があるのか。

その圧倒的な力に理不尽さを感じていた。

「どうして……」

「格の違いというやつじゃ」

「ふざけ……るな！」

ベルナカンはアリアから距離を離すために、一本の柱を自分の元に引き寄せる。

流石のアリアも、迫りくるそれを無視することはできない。

自分の魔王城を破壊するのは少々抵抗があったものの、リヒトの能力が使えない今、背に腹は代えられなかった。

予想通り、一瞬だけアリアの力が緩む。

「あ」

倒れてくる柱をその身で受け止めるアリア。

柱が倒されたことによって、魔王城が大きく揺れる。

それによって、《空間掌握《くうかんしょうあく》》のための空間も崩れた。

アリアの動きも、ベルナカンの動きも通常の状態に戻る。

つまり、今ならアリアも無敵ではない。

(大魔王の動きが遅くなった……？)

その現象に、当然ベルナカンも即座に気付く。

最初からずっとあった違和感が、まるで嘘《うそ》のようにさっぱりと消えたのだ。

柱を破壊したこととアリアの能力が何か関係あるのか。

そんなことを考えたが、どうでもいいと途中で全ての思考を放棄する。

ここからは純粋な状態での勝負。

余計なことを考えていて勝てるような相手ではない。

「まさか《空間掌握》を解除するとはな。狙ったのか？　偶然か？」

「さあ」

「クク、面白い」

と、アリアは仕切り直す。

《空間掌握》を使わない戦闘は久しぶりだ。

正々堂々《せいせいどうどう》と真っ向から戦わなくてはいけない。

しかし、これによってアリアが追いつめられたというわけではなかった。

むしろ、それは逆とも言える。

「死ね――っ!?」

最大の念力で押さえつけ、アリアの首をはね飛ばそうとした時。

一瞬でベルナカンの腕が吹き飛んだ。

スピードだけであれば、最初よりも優に速く感じる。

アリアの能力というのは解除したはず。

ならばどうして。

それに答えるようにアリアが口を開いた。

「百年ぶりに本気で動いたが、割と体は付いてくるものじゃな」

アリアは自分自身の体に感心する。

少し心配していたのは、本気を出した時に自分の体が付いてこれないかもしれないということ。

それでも、実際にやってみたら何不自由なく動かすことができた。

自分の肉体とはいえ褒めてあげたいくらいだ。

「ど、どういうことだ……」

「今言った通り、ただ本気を出しただけじゃ」

本気を出しただけ――つまり今までは本気じゃなかった。

アリアはそう伝える。

ベルナカンからしたら、それは嘘であってほしいと祈るくらいの言葉だ。

いや、もう嘘じゃないことは分かっているのだが、気付いていないふりをしているのかもしれない。

何やらおかしなアリアの能力を打ち破って、やっと対等に戦えると思っていたのに、それが仇《あだ》になったなんて信じたくないのだろう。

「儂が復活してからは本気を出す機会がなかったからな。《空間掌握》を使って楽に倒すか、そもそも相手がただの雑魚かのどちらかしかなかったのじゃ」

「舐めたことを……！」

「ハハ」

覚悟を決めて向かってきたベルナカンを、アリアはもう一度首を掴むようにして捕まえる。

《空間掌握》の有無に拘わらず、ベルナカンの動きは既に見切っている。

もう目を瞑《つむ》ってでも対応可能だ。

「お主は運が悪かったな。リヒトに目をつけたのは流石じゃが、ちょっとばかし遅かったようじゃ」

「グッ……！」

アリアの言う不運。

何となくリヒトの事情が分かっているアリアだからこそ、心からこの言葉が出てきた。

自分がリヒトを仲間にすることができたのは、ただの偶然でしかない。

蘇った時――すぐにリヒトを仲間に迎え入れたが、あれはやはり大正解だった。

もしベルナカンが。

リヒトが処刑された直後に声をかけることができていれば、運命は変わっていたであろう。

「さて、報いは受けてもらうぞ」

アリアはベルナカンの上に馬乗りになり、拳を顔面に振り下ろす。

ぐしゃりと何かが潰れて、ベルナカンの足がビクンと跳ねた。

青色の血がアリアの顔に飛び散る。

それでも、アリアが報復を止めることはない。

とっくのとうにベルナカンの命が消えているとしても、アリアは気の済むまで殴り続けた。

何回も何回も。

チラリと見えるベルナカンの顔は、もう原型を留《とど》めていない。

永遠に続くかと思われたその報復は、下僕たちの声で幕を閉じることになる。


「魔王様！」


「――ん、おお。ちょうど良かったのじゃ」

「ま、魔王様！　無事だったんですね！」

「うむ……って、お主らは死闘だったようじゃな」

戦いを終えたアリアの前に、血まみれのロゼを連れたイリスたちが現れる。

ぶらりと力が抜けたロゼの体――恐らくもう死んでいるだろう。

その腹部には敵に付けられた痛々しい傷が残っていた。

ロゼに勝利する、または相討ちにできる相手はかなり限られているが、たまたまそれほどの実力者がいたらしい。

正直に言ってかなり予想外――だが、結果オーライだ。

そこには気を失っているリヒトの姿もあったのだから。

「魔王様も血がたくさん……！」

「いや、これは儂の血ではないぞ？　儂の血は赤じゃ」

「あ、そうでした……」

パニックになっているドロシーを落ち着かせると、アリアはリヒトの顔を確認する。

……特に変わったところはない。

ベルナカンがリヒトに何かする前に助けることができたようだ。

なかなか目を覚まさないことが少々不安であるが、それを確認するのはディストピアに帰ってからでも遅くないだろう。

「とにかく。リヒトは取り戻せたようじゃな。よくやった」

「でもリヒトさん起きない……」

「案ずるな――とりあえずディストピアに戻ってからじゃ。急ぐぞ」

アリアの判断により、ロゼとリヒトを抱えたまま帰還する道が選ばれる。

その選択に、誰も首を横に振るようなことはしなかった。

そうと決まれば、後は考えることも特にない。

外で待機させているフェンリルを呼びつけ、リヒトを連れて帰るだけだ。

イリスが器用に指笛を鳴らすと、共鳴するようにフェンリルの遠吠《とおぼ》えが聞こえてくる。

「ロゼは儂が運ぶのじゃ。一応言っておくが、リヒトを連れて帰る最後まで油断するではないぞ」

「はい。分かりました」

「うむ――おっとと」

崩れそうになるロゼの体に、バランスを取り直すアリア。

今回の件でリヒトを狙う者もいることが分かったため、念入りにイリスとティセに注意しておいた。

ディストピアに戻ってしまいさえすれば、絶対に奪われることはない。

あとは気を抜かないようにするだけである。

「ま、魔王様も共に？」

「当然じゃ。最後じゃからな」

「は、はい！」

先を行くアリアを追いかけ、焦るように三人はその後ろに付いていく。

帰り道はアリアも共に行動するようだ。

決してイリスやティセを信用していないというわけではないが、念には念を入れての結果だった。

奪還成功のニュースをフェイリスに届けるためにも、生きてディストピアへと帰らなくてはならない。

イリスがもう一度指笛を鳴らすと、壁を突き破ってフェンリルが現れることになる。

エピローグ
おかえり

「……うーん」

一体何時間ぶりか。

リヒトは、微妙な頭の痛みを感じながら目を覚ます。

西の魔王に攫《さら》われてから、その後のことをよく覚えていない。

それどころか、西の魔王の顔すら記憶の中にない。

何とか覚えているのは、西の魔王によって殺されるドロシーの姿である。

まるで嫌な夢を見ていたかのような――そんな感覚だった。

「あ、やっと起きた。魔王様」

「おはようございます、リヒトさん」

「ごめんね、リヒト」

目覚めたばかりのリヒトの視界に飛び込んでくるのは、自分を覗《のぞ》き込むようにしている三人。

イリス、ティセ、そしてドロシーだ。

自分は西の魔王に攫われたはず。

もしかして本当に夢だったのか？

そんな考えも浮かんだが、それは自分ですぐさま否定できた。

「ここは……？」

「ディストピアですよ。西の魔王からみんなでリヒトさんを取り返しました」

「ド、ドロシーは生きてたのか？」

「ううん。一回死んだけどリヒトが復活させてくれたじゃん。覚えてない？」

「ご、ごめん」

次々に頭に入ってくる情報に、リヒトは置いていかれないように努力する。

それでも、もう既に追いつけそうにない。

西の魔王はもういない？　倒した？　誰《だれ》が？

三人が何とか説明しようとしているものの、もう少し時間が必要そうだ。

「――リヒト、説明は後じゃ。ロゼを蘇生《そせい》してくれ」

聞き慣れた声を受けて、リヒトはバッと後方に視線を向ける。

そこには、棺桶《かんおけ》の上に座っているアリアの姿があった。

人間界であれば怒られそうな行為だが、ここにはそれを咎《とが》める者もいない。

「なかなかお主が目を覚まさんから心配したぞ。特に変なことはされておらんかったはずじゃが、大丈夫じゃよな？」

「あぁ……多分大丈夫。それよりロゼを蘇生って？」

「そのままの意味じゃ。ロゼはお主を取り返すための戦いで死んだ。だから蘇生してやってくれ」

「え――わ、分かった！」

アリアの言葉を聞くと、リヒトはすぐに蘇生を行う。

詳しいことは何も分からないが、ロゼは自分のせいで死んだと認識しても間違いではなさそうだ
ロゼが死ぬほどの戦いということは、かなり激しい戦いであったはず。

アリア、そしてこの三人の苦労は計り知れない。

「――うおっ」

ガタガタと動く棺桶。

その上に座っていたアリアは、バランスを崩す形で押しのけられた。

流石《さすが》に話している途中で蘇生を始めるとは思っていなかったらしい。

アリア自身礼儀を重んじるタイプではないが、この行動にはムスッとした表情を浮かべている。

「リヒトさん……!?　すみません、ここどこですか……？」

棺桶の中から聞こえてくる声。

リヒトと同じで、ロゼも今の状況を理解できていないようだ。

目が覚めたら、いきなり真っ暗な棺桶の中にいるということで、困惑するのも無理はないだろう。

リヒトは急いで棺桶の蓋《ふた》を開ける。

ダイレクトに入ってくる光に、ロゼは眩《まぶ》しそうな仕草をしていた。

「リ、リヒトさん！　大丈夫でしたか!?」

「うん。おかげさまで」

「う、うぅ……」

リヒトの顔を見たロゼは、ポロポロと自然に涙を流す。

よかったと、言葉にならない声でずっと呟《つぶや》いていた。

ここまでの反応――どれだけつらい思いをしていたのか。

今のリヒトには、涙を拭《ぬぐ》ってあげることしかできない。

「いてて。ロゼ、腹の傷は大丈夫か？」

「魔王様……はい、リヒトさんのおかげで――というか、リヒトさんは助けられたのですね！」

入ってくる情報が多すぎて、頭が置いていかれつつあるロゼも、まずはリヒト奪還作戦の成功を喜ぶ。

その成功に自分が立ち会えなかったというのは残念だが、そんな思いもすぐに吹き飛ぶことになった。

棺桶の外に出ると、そこは自分の領域である。

リヒトを失って涙していた頃《ころ》が嘘《うそ》のようだ。

「とにかく良かったです！　リヒトさん！」

「お、おぉ……」

勢いよくリヒトの胸に飛び込むロゼ。

そのまま押し倒されそうなところを、リヒトは何とかギリギリ踏ん張って耐えた。

手加減はしているつもりなのだろうが、純粋なヴァンパイアの突進は手に余る。

その力は流石としか言いようがない。

「……アリア、どうして西の魔王は俺を攫ったんだ？」

「ん？　ああ、何か言っておった気がせんでもないが……復讐《ふくしゅう》じゃったかの」

「復讐？」

「個人的な恨みが別の存在にあったようじゃ。その復讐のためにお主が必要だったみたいじゃな」

「復讐……か」

その理由に、リヒトは複雑な気持ちにさせられる。

復讐というのは、自分が現在進行形で行っていることに変わりない。

人間界にまで訪れて奪おうとしたのなら、本当に強い恨みを持っているのだろう。

魔王ともなれば復讐のような感情的な行動をしないと考えていたが、どうやら間違いだったらしい。

人間も魔族も根本的には変わらない。

それを知ったリヒトだった。

「そんなことより。これから気を付けるんじゃぞ、リヒト。お主がいなくなったら大変なんじゃからな。戦力だけじゃなくて、ロゼとかフェイリスとか」

「魔王様！　それはあまり言わないでください……！」

「ごめん、迷惑かけた――あ」

そういえば――とリヒトは問いかける。

「フェイリスはどこだ？」

「む……」

アリアの表情が僅《わず》かに強《こわ》ばる。

何か言ってはいけないことを言ってしまったかのような、そんな雰囲気だ。

「今は特別な領域に閉じ込めておるが……仕方ないか」

「え？　閉じ込める？」

「そうじゃな。会ってやるといい。喜ぶはずじゃぞ」

「う、うん。そうするけど……」

何やら不穏な言い回し。

閉じ込めていると聞こえたが、どういう意味なのか。

……深く考えない方がいいのかもしれない。

「じゃあ行ってくるよ」

「あ、リヒト。今回の奪還作戦で、フェイリスには一つの約束を条件に大人《おとな》しくしてもらったのじゃが……」

「？」

「あーーー、何というかじゃな。その……まあいいか」

途中で諦《あきら》めたように、アリアは話を中断する。

そう言ったアリアには、今までにない遠慮のような態度が見られた。

ここまでハッキリしないアリアというのも珍しい。

「まぁ、多分すぐ戻ってくるよ」

「…………無理じゃろうな」

フェイリスの元に向かうリヒトの背中を見ながら。

アリアは聞こえない程度の声で呟く。

「魔王様、結局フェイリスとは何を約束したの？　イリス気になる」

「……直接フェイリスに聞くのじゃ」

「えー、いじわるー」

「それなら、私が聞いてきましょうか？」

「あ、でも今フェイリスの邪魔をしたら殺されそうじゃぞ」

「本当に何を約束したんですか……」

＊＊＊

「フェイリスいるか？」

コンコンと。

リヒトはアリアに教えてもらった領域の扉を叩《たた》く。

この中にフェイリスが閉じ込められているはずだ。

アリアが閉じ込めるという選択肢を選ぶとは、相当手が付けられない状態だったのだろう。

いつものフェイリスしか知らないリヒトにしてみれば、そのようなことをするなんて到底信じ

られない。

フェイリスがどうなっているのか確認するために、そして迷惑をかけたことを謝るためにも、絶対に会っておきたかった。

「……入るぞ？」

リヒトが扉の外から声をかけても、フェイリスの返事は聞こえてこない。

寝ているのだろうか。

日を改めることも考えたが、それまでフェイリスをこの領域に閉じ込めておくのも酷だ。

幸いなことに、鍵《かぎ》は内側ではなく外側に存在している。

リヒトは鍵を解除し——扉を開けた。

「……？」

目の前に広がるのは、グチャグチャに散らばっている本や家具。

まるで泥棒に入られた後のような光景だ。

これはまさかフェイリスがやったのか。

肝心のフェイリスは、机にうつ伏せになって眠っている。

「フェイリ——」

「——!!」

リヒトがフェイリスの体に触れた瞬間。

電流が流れたかのような勢いでフェイリスは飛び上がり、鋭い目で睨《にら》むようにしてリヒトの顔を見た。

寝起きとは思えないほど素早いフェイリス。

水色のツインテールが勢いよく揺れた。

その充血して腫《は》れた目を見ると、かなりの時間涙を流していたことが分かる。

「リヒト……さん？」

「ああ」

「ほんとに？」

「うん」

「……っ！」

ボフっと、フェイリスはリヒトの胸に顔を埋める。

そして、両手で強くリヒトの体を抱きしめた。

逃がすまいとしているのか、少しだけ掴《つか》まれている箇所が痛い。

フェイリスの涙でリヒトの服が濡《ぬ》れる。

リヒトの体から、フェイリスの体に体温が伝わる。

それは、リヒトが確かにここにいることの証明だった。

……。

フェイリスはまだ喋《しゃべ》ろうとしない。

沈黙の時間が二分ほど続く。

……。

………。

最初に口を開いたのは――やはりフェイリスだ。

「リヒトさん……大丈夫だった？」

「大丈夫だよ。アリアたちが早めに助けに来てくれたみたいだから」

「良かった……なの」

ポロポロと流れるフェイリスの涙。

それをもう隠そうともしていない。

フェイリスがここまで感情的になることなど初めてである。

「心配かけたな」

「ううん。帰ってきてくれたならそれでいいなの」

「そうか……フェイリスも大変だったたって聞いたから」

「あ……後で魔王様に謝らなくちゃ」

冷静になったフェイリスは、何か反省するような態度に変わる。

どうやら、アリアが閉じ込める処置を取るほどに大変な状態だったのは本当らしい。

どこまで深刻だったのかは知らないが、自分のせいだということは変えられない事実だ。

一緒に謝るくらいはしてやるべきかもしれない。

「そういえばご飯もずっと食べてなかったなの」

「――それを早く言ってくれ。いつからだ？」

「リヒトさんがいなくなってから」

「おいおい……」

「えへへ」

困ったように頭に手を当てるリヒト。

そんなリヒトを見て、フェイリスは久しぶりの笑みを浮かべた。

どちらかと言えば怒られている状況なため、笑うようなタイミングではない。

それは分かっているが、不思議と笑みがこぼれてしまう。

やっといつもの日常が戻ってきたような気がして、嬉《うれ》しく感じてしまったのだ。

リヒトが攫われたと知った時は、ショックで何も喉《のど》を通らなかった。

しかし今は、体が安心したのか一気に空腹が訪れている。

「じゃあ行くぞ。お腹空《なかす》いてるんだろ？」

「魔王様から許可貰《もら》えたなの？」

「あー……貰えてない。でも、気にしなくてもいいんじゃないか？」

「ダメ。約束を破ったことにされたら、アレが無効にされるかもしれないなの」

「アレ？」

フェイリスは領域の出口一歩手前で立ち止まる。

どうやら、ここを出るにはアリアの許可が必要らしい。

確かにフェイリスに会ってやれとは言われたが、出していいとは言われてない。

別に勝手に出たところで怒るようなアリアではないが、フェイリスはやけにそれを気にしているようだ。

恐らくここでいう約束というのは、リヒト奪還作戦中にフェイリスは領域の外に出てはいけな

いというもの。

正直その作戦はもう成功で終わったため、フェイリスの気にしすぎとしか思えないが、それほど慎重になるような理由があるのだろう。

フェイリスは一向に領域から出ようとしないため、ここはリヒトが動くしかない。

「仕方ないから何か持ってくるよ。その時にアリアにも許可を貰っておくから」

「ありがとうなの。リヒトさん」

「うん。じゃ――」

「あ……待って。えっと、その、このあと時間ある……なの？」

「？」

何やらモジモジとしながら、奇妙な質問をするフェイリス。

時間というのは、自由な時間ということだろうか。

それなら幸いなことにいくらでも存在している。

リヒトも話したいことはたくさんあるため、丁度いいといったところだ。

「時間ならあるよ」

「よ、良かったなの！」

フェイリスは喜んだ表情を見せると。

厳重に鍵をかけられた宝箱のようなものから一枚の紙を取り出す。

「その――これ……魔王様との約束を守って、奪還作戦に参加しなかったから貰えたなの」

そう言って、フェイリスは恥ずかしそうに折りたたまれた紙を手渡した。

顔は少し赤く染まり、目線もリヒトではなく床に向けられている。

フェイリスが何を伝えようとしているのかが分からないため、とにかくこの紙に書かれていることを見てみるしかない。

リヒトは恐る恐る折りたたまれた紙を開く。

そして。

そこには、アリアが書いたミミズのような文字で――

『魔王アリアの持つ、リヒトに対しての命令権を一日だけフェイリスに与える。その命令の内容に制限はない』

――と書かれていた。

書き下ろし特別編Ⅰ

リヒトの誕生日

「うえっ。もう日付変わっちゃったよ」

「こっちはもうそろそろ終わりそうだぞ」

「あーあ。今までだったら今日は休みなはずなんだけどなー」

「?」

夜の十二時を回った頃《ころ》。

それは、ドロシーの何気ない一言によって始まった。

現在リヒトとドロシーは、途方もない仕事を終わらせるために尽力《じんりょく》している最中である。

普段ならしないような現実逃避。

しかし、このような言葉がこぼれてしまうのも無理はない。

本来なら今日の分はとっくに終わっていたものの、手が空いているところをアリアに見られてしまった結果、もう一つ追加で仕事を任されることになったのだ。

優秀さを見せつけすぎると、自分が損をすることになる。

これは人間の世界でも魔族の世界でも同じらしい。

そういう意味では、イリスやティセは上手《うま》く立ち回っていると言えるだろう。

逆にそれが全く理解できていないのはロゼだ。

一から十まで仕事が終わるごとにアリアへと報告し、その度新しい仕事をまた貰《もら》ってきている。

何かアドバイスしてあげた方が良いのだろうか。

そんな考えも頭に浮かんでいたが、ロゼ本人が楽しそうにしているため、結局リヒトは声をかけることができなかった。

「本当は休みってどういうことだ？」

「ああ、人間界の話。確か今日は仕事をしたらいけない祝日だったはずだよね？」

「……なるほど。確かにそんな祝日あったな」

ドロシーが話題に上げたのは、人間界で有名な祝日。

人間界では一年に一日だけ全《すべ》ての労働が禁止される日がある。

それは冒険者から農民まで、全ての人間が対象だ。

当然ディストピアに所属しているリヒトたちも対象に入っている――わけがない。

こんなことで休ませてくれとアリアに言ったら、鼻で笑われてしまうであろう。

リヒトたちの休暇はその日の体調とアリアの気まぐれで決まるため、定期的な休みなど端《はな》から設定されていなかった。

「今考えたら羨《うらや》ましいよね。人間界は退屈なことが多かったけど」

「そうだな。まあこっちも休暇がないわけじゃないから」

「ボクはその日に大体読書してたけど、リヒトは何やってたの？」

「俺《おれ》は……昼まで寝て、その後――」

と、リヒトが去年の今日を思い出そうとしたところで。

それと同時にかなり大事なことを思い出す。

逆にどうして今まで忘れていたのだろうと、そう思えてしまうほどに大事なことだ。

「――そう言えば、今日は誕生日だった」

リヒトが思い出した内容。

それは自分の誕生日である。

毎年この日は、十分に睡眠を取った後に自分でケーキを買って祝っていた。

ドロシーが話題に上げていなければ、絶対に思い出せていなかっただろう。

もう年を取ることに喜ぶ年齢ではないが、それでも何もしないというのは少し寂しい。

そんな微妙な年齢である。

「ちょっと、そんなに大事な日先に言ってよ！」

「いや、今思い出したばっかりだし……」

「えー……何にも準備できてないんだけど、欲しい物とかないの？」

誕生日のことをやけに気にするドロシー。

どうやらドロシーは、他人の記念日でも気を遣うタイプなようだ。

ドロシーの性格なら、誕生日だと知ってもおめでとうの一言で終わると思っていた。

意外な一面を知ることになる。

「欲しい物って言われてもなぁ……難しいよ」

「遠慮しなくてもいいよ。何もなかったらつまんないじゃん」

「うーん」

急《せ》かされるリヒト。

このままでは、かける時間と比例するようにハードルも上がっていく。

ドロシーが用意できそうな物——というのが大前提であるため、その中から候補を探すがやはりなかなか見つかるわけがない。

リヒトはつい日頃から思っていたことを言う。

「じゃあ今度、死霊の使い方を教えてくれたら嬉《うれ》しい」

「え？　そんなことでいいの？　それくらいならいつでも教えてあげるのに」

「うん。死霊使いになるのは難しいって聞くし、興味あるから」

「そうなんだ。ボクは全然オッケーだよ」

好感触な反応に、リヒトはホッと胸を撫《な》で下ろす。

それに、死霊の扱い方は本当に興味があった分野だ。

人間界でも死霊使いと会う機会は本当に少なかった。

それはあまりの難易度に挫折《ざせつ》する者が多いため。

どれほど難しい技術なのか、自分で体験してみたいと昔から思っていたことである。

「ちなみにボクの授業は厳しいよ。普通の人は死霊を呼ぶだけでも一年以上かかるからね」

「そ、そんなに練習が必要なのか……？」

「当然。まずは実践じゃなくて座学から始めることになるだろうし、暇な時にでもゆっくりやろうよ」

「……お手柔らかに」

想像以上に厳しい道であることがたった今判明したが、言い出しっぺのリヒトがここで引くわけにはいかない。

死霊を呼ぶだけでも一年以上かかるのだから、挫折した人間の気持ちも今なら理解できる。

それと同時に、数百体の死霊を自由自在《じゆうじざい》に操るドロシーの凄《すご》さも大まかに理解できた。

これほどの才能が隠れていられるわけがないだろう。

永遠の死霊使いと呼ばれるようになったのも無理はない。

「まあリヒトならセンスあるだろうし、死霊を呼ぶだけなら時間はそこまでかからないかもね。期待してるよ」

「期待されても困る……一応聞いとくけど、ドロシーは死霊を呼び出すのに何か月かかったんだ？」

「ボクは初めてやったらできたよ？」

「……まったく参考にならないな」

ドロシーの人外じみた記録に驚きながら、リヒトは途中だった仕事に戻る。

どうやら根本的に自分と差がありすぎるようだ。

とても同じ人間とは思えない。

天才と呼ばれる人間は、一般人と感覚が大きく違うため教えることが苦手と聞くが、ドロシーの場合はどうなのだろうか。

そんなことを考えながら手を付ける作業。

隣でドロシーも一緒に作業していたが、その機嫌は数分前とは比べ物にならないほど良かったのだった。

＊＊＊

「リヒトさん、いらっしゃいますか？」

「ん？　いるよ」

コンコン——と、不意にリヒトの部屋の扉が叩《たた》かれる。

朝早くから名前を呼ばれるのは珍しい。

目が覚めたばかりのリヒトは、寝ぐせを直しながらそれに答えた。

扉の前に誰《だれ》がいるかは確認するまでもなく、寝起きの脳みそでも把握できる。

そもそも、このディストピアでこれほど丁寧な言葉遣いをする存在は限られていた。

リヒトの返事を受けて、その人物は失礼しますと部屋の中に入ってくる。

——ロゼだ。

いつもとは違うスカートが長めの服。

普段はみんな見慣れた服で過ごしているため、このような変化はすぐに気付いた。

「おはようございます、リヒトさん！　いい朝ですね！」

「あぁ……元気だな」

ロゼはペコリと頭を下げて、早朝とは思えないほど元気のいい挨拶《あいさつ》をした。

ここまでの元気を見せられたら、リヒトも眠気が吹き飛んでしまう。

少なくとも、予定していた二度寝は中止せざるを得ないほど。

一体こんな朝早くから何の用なのだろうか。

特に問題が起きているという様子でもなければ、報告があるという様子でもない。

強いて言えば、いつにも増してニコニコとしているくらいだ。

どうしても答えが見出《みいだ》せないリヒトは諦《あきら》めてロゼに答えを聞く。

「急にどうしたんだ？　何かあったのか？」

「ドロシーさんから聞きましたよ。リヒトさんは今日が誕生日なんですよね？」

「なるほど……」

ロゼが何をしようとしているのかは、この時点ですぐに理解できた。

どうやらロゼはリヒトの誕生日を祝おうとしてくれているらしい。

ドロシーから聞いた――というのは間違いなく本当だろう。

お喋《しゃべ》りな性格のドロシーが周りに言いふらす姿は、容易に頭の中で想像できる。

ここで気になったのはどこまで伝わっているのかということ。

ロゼ一人にだけしか伝えていないのは不自然であるため、そこそこ広まっていると考えて問題はなさそうだ。

「ということで、私もつまらないものですがプレゼントを用意させていただきました……！　受け取ってください！」

と。

ロゼは部屋に入ってからずっと背中に隠していた何かを差し出す。

綺麗《きれい》な箱に入れられているため、中に何が入っているのかまでは分からない。

これは中に入っているものを聞いた方がいいのか。

それとも、聞かずに後で自分で確認した方が良いのか。

リヒトは迷った挙句、今のうちに聞く方を選択した。

「ロゼ、これは……」

「はい、私が趣味で作っていた高級血液です！」

「こ、高級血液……？」

ロゼに促されるまま箱を開けると、そこには立派な一本のボトルが入っていた。

高級血液——人間界では聞いたことのない品物だ。

プレゼントに優劣をつけるわけではないが、少しだけ嫌な予感が頭に過《よ》ぎる。

リヒトは人間であり、ロゼはヴァンパイアである。

種族に大きな差があるため、プレゼントの感覚がズレていてもおかしくない。

高級血液はヴァンパイアの中で最高級の代物なのだろうが、リヒトからしてみればあまり使いどころのない代物だった。

飲料用としては微妙であり、インテリアとしても微妙だ。

リヒトは必死に使い道を探すも、なかなか良いアイデアが浮かばない。

「あ、ありがとう、嬉しいよ」

「ほ、本当ですか！　気に入ってもらえて良かったです！」

「その、なかなか手に入らないものだし？」

「高級血液で正解だったみたいですね！　ワインとかなり迷いました！」

リヒトの感謝を聞くと、ロゼは安心したようにニコリと笑う。

やはりロゼもプレゼントに悩んでいたらしい。

普通なら迷う余地もない二択であるが、ロゼからしたら種族差による超難問であったようだ。

どっちかって言うとワインが欲しかったなぁ——とは言えなかった。

「……でも、趣味で作ってたのを貰ってもいいのか？」

「それなら大丈夫です。まだ何本もありますから。作りすぎちゃいました、えへへ」

「なら良かった。それにしてもヴァンパイアらしい趣味だな」

「子どもの時にお父様から教えてもらったんです」

リヒトの頭の中に、ロゼの父親の顔が思い浮かぶ。

確かにあの父親なら、娘に血液の作り方を教えていてもおかしくないだろう。

そして、娘の作った血液を嬉しそうに飲む姿まで想像できる。

ロゼもニコニコとしてそれを見守っていたはずだ。

「もちろん言ってくだされば、いつでもプレゼント致しますよ」

「いや……流石《さすが》にそれはお返しが大変になるから遠慮しとくよ。大した物も用意できないだろうし」

「わ、私は別に大丈夫ですよ？　そういうつもりでのプレゼントではないですから……」

ブンブンと横に首を振って何かをアピールするロゼ。

あくまで自分の好意であり、リヒトが気を遣う必要はないと伝えていた。

「それに、私だってこれまで両親に色々プレゼントされましたが、恩返しなんて一割もできていないですし」

「……そういえばロゼはお嬢様だったな。どんなプレゼントを貰ってたんだ？」

「毎日ドレスや宝石を貰っていましたね」

「毎日!?」

ロゼの口から出てくる驚きの言葉。

リヒトとしては誕生日に何をプレゼントされていたかという意図の質問だったが、ロゼの家ではそんなもの関係なかったらしい。

たとえ何もない平日だとしても、ロゼがいればプレゼントを渡す理由になるようだ。

確かにそのような環境であれば、一割にも満たない恩返ししかできていなくても頷《うなず》ける。

むしろ、全て恩を返そうとするのなら気が遠くなるほどの時間が必要だった。

「なのでリヒトさんも気にせず貰ってください！　お返しを気にされていたら、味も悪くなってしまうかもしれませんし」

「そうするよ」

リヒトはロゼから貰った高級血液を棚に置く。

ロゼの言う通り、あまり気にしすぎていては何も楽しめないはずだ。

今日くらいは何も考えずに受け取っておいてもいいかもしれない。

ここにドロシーがいてもきっと同じことを言うだろう。

「あ、他《ほか》のみんなも色々なものを用意してたので、リヒトさんはこの部屋で待っててあげた方がいいかもしれません」

「え？　でも――」

「リヒトさんのお仕事は私が片付けておきますね。誕生日くらいはゆっくりしてください」

ロゼはそれだけ言い残すと、上機嫌で部屋を出ていってしまう。

リヒトが引き留める暇もない。

聞き間違えでなければ、ロゼは今日のリヒトの仕事を全て引き受けると言っていた。

あの様子だと、リヒトが何かを言ったところでその宣言が覆ることはないだろう。

そして、気になる発言がもう一つ。

他のみんなも色々なものを用意している――とのこと。

ドロシーがお喋りであることは知っていたが、それはリヒトの想定を優に超えるレベルである。

後で注意しておかねば――と、リヒトは心の中で誓うのだった。

＊＊＊

「こんにちは、リヒトさん」

「リヒトさん、いる？」

「――いるよ」

ロゼが仕事に戻った数十分後。

二人分の声が扉の向こう側から聞こえてくる。

あらかじめロゼから報告を受けていたリヒトは、特に問題なく客人である二人を部屋に招き入れた。

イリスとティセ――常に二人で離れないハイエルフの姉妹は、こんな時まで一緒に行動しているらしい。

ロゼのように背中にプレゼントを隠すようなことはせず、最初から二人の手には綺麗な花束が持たれていた。

「まずはお誕生日おめでとうございます。これは私たちの領域で摘んだお花です」

「おめでとう、リヒトさん」

「あ、ありがとう……」

二つの花束が、いっぺんにリヒトへと手渡される。

赤、青、黄色――様々な色の花が美しくまとめられており、全てが人間界では見たことのない種類だ。

何も飾りつけをしていないリヒトの部屋に置くとしたら、それしか目に付かないほどに浮きそうな花であるが、そんなこと今はどうでもいい。

今は感謝の気持ちでいっぱいである。

「本当はもっと高価な贈り物が良かったのかもしれませんが、私たちエルフの中では誕生日に花を贈るのが習慣でして」

「そうなのか。そんなの全然気にしなくていいよ。むしろ、種族特有の贈り物の方が嬉しい気が

するし」

「あら、それは良かったです。フフ」

顔に手を当てて上品に笑うティセ。

どうやらそれぞれの種族によって、誕生日の贈り物も違ってくるらしい。

ロゼはヴァンパイアと言えど環境が特別すぎたため、種族特有という意味では微妙な気がしないでもないが、それでもここまで種族差が体験できる機会はない。

ヴァンパイアは血液（？）、エルフは花。

ドロシーなら興味深いとはしゃいでいただろう。

「お姉さま、良かったね」

「そうね、イリスちゃん。魔王様はあまり喜んでくださらなかったから」

「え？　アリアが？」

「はい。魔王様は花よりもご馳走《ちそう》の方が好きだったみたいで……」

「お花をあげた時、魔王様はすごい困った顔してた」

なるほど――と、リヒトは納得する。

アリアの性格を考えれば、確かに花を貰っても喜びはしないであろう。

模擬戦闘でも申し込んだ方が何倍も大喜びするはずである。

そもそも、アリアのように何年生きているのか分からないようなレベルになると、もう誕生日なんてどうでもよくなりそうなものだ。

「そういえば、二人とも何歳くらいなんだ？　エルフって見た目が変わらないから見当もつかな

いよ」

「……リヒトさん、それ以上はダメ」

「へ？」

「フフ、女性に年齢を聞くのは褒められたことではありませんね」

「ご、ごめん……」

イリスの目は冷たくなり、ティセの表情はさらに冷酷なものになる。

それらは、人間たちを蹂躙《じゅうりん》している時と全く同じものだ。

あの人間たちは、この視線を最後に死んでいったのか。

そう考えると、少しだけかわいそうな気持ちになる。

エルフは不老と言われるほど長寿な種族であるため、年齢に思い入れはないと考えていたが、どうやらこの二人は例外であるようだ。

この反応を見ると恐らく三桁《けた》――いや、それ以上かもしれない。

どちらにせよ、この話題には未来永劫《えいごう》触れない方がいいだろう。

「大丈夫ですよ、悪気がないのは分かっていますから。私たちもそれで怒るほど子どもではありません」

「うん、イリスは大人《おとな》」

と、二人からお許しの言葉が出る。

まだまだ子どもっぽいイリスも、年齢で言えばリヒトより遥《はる》かに上だ。

それは昔から何となく分かっていたが、油断すると見た目でついつい忘れてしまう。

「あ――話を戻しますけど、今日は食事が特別なものになっているらしいですよ。リヒトさんの誕生日仕様みたいです」

「そ、そこまでしなくても……」

「ベルンさん？　という御方が大量の食糧を用意してくれたんだとか」

「俺が寝てる間に何があったんだ……？」

話を聞くだけでも、自分が知らない間に一つの国の女王が動いているという事実。

その内容よりも、どうしてベルンにまで伝わっているのかという疑問が浮かぶ。

ドロシーが死霊で伝えたのか、それともベルンと仲の良いアリアが伝えたのか。

本来なら喜ぶべきなのだろうが、こうして盛大に祝われる経験がないリヒトはすぐにその反応が出てこない。

何か別の申し訳なさを感じていた。

「ということで、食事には遅れないでくださいね。じゃないと魔王様に全部食べられちゃいますので」

「……気を付けるよ」

「イリスちゃんもおやつを食べすぎたらダメよ？」

「うっ……気を付ける。お姉さま」

ギクッと図星な反応を見せるイリス。

きっと強い心当たりがあるのであろう。

釘《くぎ》を刺されたイリスは、少しだけ悲しそうな顔になっていた。

「では。伝えるべきことも話し終わりましたし、私たちはこれで」

「う、うん。ありがとな」

「いえいえ。リヒトさんのおかげで、今日も魔王様に仕事を任されずに済みます」

「ラッキーだったね、お姉さま」

「………」

少々複雑な気持ちになりながらも、仕事を休んでまで祝ってくれたとリヒトは無理やり納得しておく。

二人が今日休んだ分は恐らくロゼに回るのだろうが、お互いがその関係を何とも思っていないためリヒトが口を挟む隙《すき》はない。

ただ、今度ロゼの仕事を手伝ってやろうと決めたリヒトだった。

＊＊＊

「リヒトさん、お待たせなの」

「……フェイリスもか」

イリスとティセから貰った花束をどうしようかとリヒトが考えていた時。

続けざまに部屋の扉が叩かれる。

リヒトの予想を裏切ることなく、他のみんなと同じようにフェイリスはここに現れた。

唯一みんなと違うのは、リヒトが扉を開ける前に勝手に自分で入ってくるということくらいだ

ろう。

フェイリスがリヒトの部屋に来るのは珍しいことでないため、今さら気を遣われても困るのはリヒトだ。

フェイリスになら勝手に部屋へ入られても抵抗はないそれほどの間柄であるフェイリスだが、今日のフェイリスはいつもと少しだけ違う気がした。

「誕生日だって聞いたけど……疲れてるなの？」

「いやいや、大丈夫だよ。みんなの方から部屋に来てくれるし」

「そういえば、さっきイリスとティセとすれ違った。あの二人が自分の領域から出るのは珍しいなの」

「そうだったのか……なんか申し訳ないな」

フェイリスに言われて意識することで、今日の疲れがどっと押し寄せてくる。

しかし、フェイリスの前でそれを隠すことはない。

仮にここにいたのがフェイリスでなくドロシーやロゼであったら、疲れている様子は見せずにいつもと同じよう振舞っていたはずだ。

やはり共に過ごす時間が多いからなのか、それとも戦闘時のパートナーとして信頼関係があるからなのか。

どちらなのかは分からないが、とにかく落ち着くということだけは間違いなかった。

「それで、その花を貰ったなの？」

「まあな。どこに飾るか迷ってるけど」

フェイリスが目を向けたのは、リヒトが持っている花束。

何回か試行錯誤《しこうさくご》したものの、どうしても自然に置ける位置が見当たらない。

今はリヒトが手で持っている状態だ。

客観的に見ると、リヒトがプレゼントを渡そうとしているような光景である。

「……私が用意したのはそんなにいいものじゃないの」

「ん？　そんなの気にしなくてもいいよ。フェイリスらしくないな」

プレゼントの差を意識したのか、気まずそうな顔をするフェイリス。

フェイリスがこのような顔をするのは珍しい。

少しだけ体をモジモジとしている。

（どうしたんだろう。フェイリスがこんなこと気にするなんて）

それは、リヒトの中でも流石に引っかかる出来事だった。

とても思い入れのあるものでないと、フェイリスがここまでの反応を見せることはない。

それほどこの誕生日が大事だったのか――と、リヒトの頭にそんな考えが浮かぶも、すぐに考えすぎだと自分の頭の中で否定する。

ここまでくると、もはや妄想の域だ。

フェイリスが自分を特別視しているだなんて、自意識過剰にもほどがあるだろう。

（むむむ……これならもっと準備しておけば良かったなの。まさかイリスとティセもリヒトさんのことを……？）

それに対して。

リヒトのことを思いっきり特別視しているフェイリスの心は、後悔と反省と焦りでいっぱいだった。

今日がリヒトの誕生日だと知ったのは数時間前。

遅れないように慌ててプレゼントを準備したものの、今回はそれが仇《あだ》となったらしい。

イリスとティセもリヒトのことを狙《ねら》っているのか。

……少し考えて、それはないだろうと判断する。

あの二人は、フェイリスの危惧《きぐ》と最《もっと》もかけ離れている存在だ。きっと仕事を任されないようにするための理由として遊んでいるだけだろう。

そうなると、ライバルになりえるのはやはりロゼ。

今のところは五分五分だと踏んでいるが、現実がどうなっているのかはフェイリスにも分からない。

「……？　フェイリス、聞いてるか？」

「――も、もちろんなの」

ハッと何かに気付いたように、フェイリスはリヒトの顔を見る。

ついロゼのことを意識しすぎて、目の前のリヒトを考えていなかった。

今はロゼのことを考えていても仕方がない。

そう冷静になったところで、フェイリスは持ってきたプレゼントを差し出す。

「……これは？」

「私のお気に入りの本なの」

「え？　お気に入りの本を貰ってもいいのか？」

「うん。多くの人に読んでもらった方がこの本も喜ぶと思う」

「そうか、ありがとう」

フェイリスの言葉にリヒトは納得させられる。

思い返してみれば、フェイリスの領域には数え切れないほどの本が並べられていた。

あそこまで集められるのは、相当の本好きでないと不可能だ。

リヒトもチラリと見た程度だが、フェイリスの本棚には様々なジャンルの本が存在している。

図鑑から小説まで、論文から絵本まで。

その中から選んだということは、本当に面白い内容なのであろう。

基本的に普段から本を読む習慣がないリヒトだが、フェイリスに紹介されたなら読んでみようと思える。

「たくさんある中から選び抜いた作品なの」

「……よくフェイリスはあれだけ本を集めたよな」

「魔王様が遠いところに行く時、ついでに本があったら持って帰ってきてくれるようにお願いしてたなの。だから、色んな国や種族の本がある」

そうなのか――と。

初めて聞くシステムに、リヒトは驚きの表情を見せる。

あの大量にある本は、アリアが外の世界で集めたものらしい。

言われてみれば、それらの本の中にはフェイリスが興味のなさそうなものまで入っていた。

本に無頓着《むとんじゃく》なアリアが選んだのなら、そうなってしまうのも仕方がないが、そこで一つの疑問がリヒトの頭に浮かぶ。

「それにしても、どうしてアリアに任せてたんだ？」

「……リヒトさんがいなかった頃、私は魔王様に言われて外に出してもらえなかったから」

「あー……」

疑問に対する答え。

昔のディストピアを知らないリヒトに、フェイリスは分かりやすい説明をする。

リヒトが入ってくる前——アリアによってフェイリスは外出を許可されていなかった。

それはとても単純な理由であり、フェイリスを死なせないようにするため。

フェイリスの能力は死亡した時にのみ発動する故に、蘇生《そせい》することができなければ人生で一度しか使えない。

つまりフェイリスは、緊急時にアリアを守るためだけの存在だったのだ。

そんな一度しか使えない切り札を無駄に消費することを避けるのは、アリアでなくても当然の心理だろう。

リヒトが仲間になった今でこそ、フェイリスは外に出ることができているが、それが通常なら有り得ないことだと知ることになる。

「魔王様はずっとディストピアの奥にいる私を気遣って、外の世界から暇つぶしになりそうな本を持って帰ってきてくれた。それが始まりだったなの」

「知らなかったよ。だからあんなにいっぱいあったのか」

「気が付いたら全部の本棚が埋まってたなの。だから一冊だけリヒトさんにあげる」

「ありがとう。大事にするよ」

「――でも。本棚が一冊分空いたから、その代わりをリヒトさんに持って帰ってきてほしい。私の誕生日プレゼントはそれをお願いするなの」

「分かった……けど、フェイリスの誕生日っていつだ？」

「さあ？」

「なんだそれ……」

こうして、フェイリスはリヒトにプレゼントを渡し終えると、そそくさと部屋から出ていってしまう。

その様子は、何か焦っているような急いでいるようなものだ。

フェイリスの心理を読み取ることは最初から諦めているため、リヒトが何かを考えることはしないが、少しだけ気になるのはやはり性格なのだろう。

「……食事の準備ができるまで読んどくか」

リヒトはフェイリスから貰った本を開く。

これから食事ができるまで恐らく数時間。

フェイリスも百年前はこのような気持ちで本を読んでいたのかなぁ――と、リヒトは新鮮な感覚を覚えながらため息をついたのだった。

＊＊＊

「リヒトさん、それじゃあまた明日なの」

「お疲れ様でしたー！　リヒトさん！」

「うん、また明日」

食事の後。

リヒトは、フェイリスとロゼに見送られながら自分の部屋へと戻る。

イリスとティセが言っていた通り、食事はとても豪華なもので、今でもリヒトのために用意されたとは思えないようなものだった。

一体何日分の食料を使ったのだろうか。

無粋な考えではあるが、ついついそれも気になってしまう。

「……ふう。食べすぎたかも」

リヒトは少し膨らんでいる自分の腹を触りながら呟《つぶや》く。

これは調子に乗って手当たり次第に腹の中へ入れていったというわけではない。

ただ、自分の前に出された料理を残さないようにしていただけだ。

それだけでも満腹になるほどの量。

人間と魔族の間では、胃袋にも大きな差があるらしい。

そう考えたら、エルフたちに任せず自分で料理を運んでいたドロシーは賢かったのだと今さらながらに思う。

「アリアなんて俺の何倍も食べてたもんなあ。よくあの体であれだけ入るな」

不意に。

アリアの豪快な食べっぷりを思い出しながら、リヒトは感嘆にも似た言葉を漏らす。

今回出されたほとんどの料理は、直行でアリアの胃袋の中へと向かうことになった。

アリアの体は、リヒトの体に比べて一回りも二回りも小さい。

普通ならそれに比例するように食べられる量も変わってくるはずだが、現実は全くの逆だと言える。

魔王と人間なら、体の構造そのものが違っているのだろう。

きっと、一度の食事でとれる量が多いのも、戦闘で何かしら有利になるような理由があるはずだ。

「――呼んだか？　リヒト」

「っ!?　いたのか!?」

リヒトはビクリと体を反応させる。

後ろから聞こえてきたのは、言うまでもなくアリアの声。

どうやらリヒトの後ろを付いてきていたらしい。

アリアが気配を消していたのか、それとも自分が不注意だっただけなのか。

酒が入っている今は正確に分からないが、とにかく独《ひと》り言を聞かれてしまったということだけは分かる。

少しだけ顔が赤くなった。

これは酒のせいなどではなく、ただ単に恥ずかしかったからだ。

「お主がさっさと部屋に帰ってしまうから追いかけてきたのじゃ」

「え？　ご、ごめん」

「まったく。水臭い奴《やつ》じゃな」

アリアの呆《あき》れたような顔。

その言葉の真意はまだ不明であり、リヒトが困った顔をしていると続けざまにアリアが口を開いた。

「今日はリヒトの誕生日なのじゃろ？　一言くらい儂《わし》の言葉を聞いてくれても良いではないか」

「アリアの？」

「意外か？」

「うん」

「……正直じゃな」

リヒトの正直すぎる答えに、今度はアリアが困った顔をする。

もう少し気を遣ってあげた方が良かったかもしれない。

しかし、そんな余裕もないほどにリヒトにとっては意外な出来事だったのだ。

戦闘にしか興味がないようなアリアが、リヒトの誕生日を気にかけているなど、とても予想できるものではなかった。

それもアリアが直々に言葉を伝えに来るなど。

ロゼが聞いたら心から羨む出来事だろう。

「その、ありがとう」

「そう構えるな。話しにくいじゃろうが」

アリアはリヒトの腰を叩いてぴっしりとした体勢を崩させる。

どうやらあまり真剣になることは望んでいないらしい。

あくまで一言程度。

リヒトはヒリヒリと痛む腰に手を当てながらアリアを見る。

「コホン。おめでとう」

「あ、ありがとう」

「うむ。じゃあな」

「そ、それだけ!?」

本当に一言で終わってしまったお祝い。

リヒトは驚きを隠せずにいる。

ロゼやフェイリスは気合の入ったプレゼントを用意してくれたが――アリアはその真逆だ。

これも魔王なりの祝い方なのだろうか。

ここで。

ふとリヒトはこれまでに貰ったプレゼントを思い出す。

ヴァンパイア、ハイエルフ、希少亜人。

彼女たちはそれぞれの考えに応じた贈り物を用意してくれた。

では、魔王は何を贈り物にするのだろうか。

その答えは「言葉」だったらしい。

「長々と語るのは好きでないからな」

「確かにアリアはそうだろうな」

「もっと何か言った方が良いか？」

「いや、十分だよ」

リヒトは、アリアから追加で何かを求めることはしない。

それに、一言でも祝ってもらっただけで幸甚《こうじん》の至りだ。

これ以上を望むのはそれこそ傲慢《ごうまん》と言えるだろう。

自分の上に立つ魔王が、アリアで良かったと今さらながらに思える。

「なら良いのじゃ――はぁ、疲れた」

「疲れた？」

「酒が回りすぎたのじゃ」

「なるほどな……」

「ということで、儂の領域まで頼むぞ」

「はいはい」

ピョンと、アリアはリヒトの背中に飛び乗った。

ここからアリアの領域まではそこそこの距離がある。

それこそ、その道中で酔いが醒《さ》めてもおかしくないくらいだ。

アリアとしては、今日一日休んだ分はこれで帳消しだと言いたいのだろう。

「困ったことがあったらいつでも言って良いからな」

「分かったよ」

「うむ……寝る」

と、リヒトの背中にピッタリとアリアは顔を付ける。

今の言葉は、普段困ったことがあってもアリアに相談しないリヒトを気遣ったものだ。

このようなセリフがアリアの口から出るのは珍しい。

確かにリヒトが困った時には、アリア以外のロゼやフェイリスに手伝ってもらっていた。

アリアは遠慮なく自分に相談しろと言っているようだ。

酒の力を借りたことで、ようやく伝えることができたのであろう。

リヒトも、アリアに手間取らせないように相談を避けていた節があるため、考え方を変える時なのかもしれない。

「アリア、体が重くて腕が疲れてきたんだけど――」

「それ以上言ったら殺す」

ただ――相談には例外もあるらしい。

書き下ろし
特別編Ⅱ

海と水着と仲間たち

「た、助け――」

「やめて――!」

甲高い人間の叫び声がディストピアの中に響く。

自分たちの力ではどうしようもない敵の前に、今人間たちができるのはただ声を上げることだけだ。

ここまでくると、戦おうという気すら湧《わ》いてこない。

それは、無駄に苦しんで死ぬだけだと本能が理解しているからだった。

「ク、クソ!」

かといって、何も抵抗しないというのは無理な話である。

力の差を理解する本能と共に、生きようとする本能も存在しているのだ。

この二つの本能が合わさった結果――戦うこともせず、しかし死を受け入れることもしない。

ただ叫ぶだけ。

そんな矛盾が生まれることになった。

「化け物が!　私たちが何をしたって言うのよ!」

「何をしたって……勝手に住処《すみか》に入ってきたのは貴女《あなた》たちじゃないですか」

罵倒《ばとう》してくる人間に対して、ロゼは呆《あき》れたような反応をする。

どうして自分は怒られているのか。

勝手にディストピアに入ってきたのはお前たちではないのか。

自分は侵入者を排除しているだけで、おかしなことはしていないのに。

初めての体験に、ロゼが困惑するのも無理はない。

「わ、私たちは休憩の合間に立ち寄っただけよ！　なのに何で殺されなくちゃいけないの⁉」

「いや、だから…………もういいです。時間の無駄でしょうし」

結局ロゼは説明することを諦《あきら》める。

この女たちはパニック状態になっているため、丁寧に接したところで何も効果はないだろう。

そもそも、ロゼが丁寧に接するメリットなど端《はな》から存在していなかった。

アリアなら話を聞くことすらせず、問答無用《もんどうむよう》で屠《ほふ》っていたはずだ。

こういうところでまだまだ自分の甘さを痛感させられる。

「そんな……嫌、来ないで！」

「よく分からないけど、自分たちの運の悪さを恨んでください」

そう言うと、ロゼは女の首に鋭い牙《きば》で噛《か》み付く。

これは眷属化《けんぞくか》させる目的の攻撃ではない。

ヴァンパイアとしての食事である。

若い女の血は基本的に美味であるため、ロゼにとってはラッキーな出来事だ。

一週間に一回くらいなら、若い女が迷い込んでくるのも悪くはないかなぁとさえ思えるほど。普通ディストピアに人間が侵入してくるとなったら、それは魔王討伐を試みる冒険者ばかりである。

従って、筋肉質な男冒険者しかやってこない。

そんな人間の血はマズくて臭いため、ロゼの好みからは大きく外れていた。

今回のように若い女の血を吸えるのはかなり珍しいことだ。

確保できたのは三人分。

気を抜けばすぐになくなってしまうくらいの量である。

まるで高いワインを飲むかのように。

ロゼはチビチビとその血を最後まで搾り取った。

「……ふぅ。美味《おい》し」

ロゼは枯れた死体から口を離すと、もう一度頭の中で血の味を思い出す。

こんなことをしていたら、貧乏臭いと母親に怒られてしまいそうだ。

実家に帰ることができたならば、このレベルの血をいくらでも手に入れることができるだろう。

そう考えると少しだけ気持ちが揺るがないでもないが、ブンブンと首を横に振って自分を律する。

たとえ美味な食事があるとしても、アリアの元で働くことの喜びに比べればやはり劣ってしまう。

ロゼの特殊な価値観の中では、アリアに仕えることが最上の喜びだった。

「ん？　あれ？」

魔王様が実家に来てくれたらいいのになぁ――という願望が生まれてきそうになった時。

ロゼは人間が荷物を持っていることに気が付いた。

魔王討伐を志す冒険者たちに比べて、その荷物はあまりにも少ない。

中身はちょっとした食料や、着替えの服など。

どうやらこの人間たちは新人の冒険者で、先ほど言っていたように休憩の途中でディストピアに迷い込んだらしい。

ロゼは好奇心のままにその荷物を漁《あさ》る。

そこで、とある物を発見した。

「これ……何だろ」

それは女性用の下着のようなもの。

まだ袋から出されておらず、新品の状態だった。

しかし、下着にしては生地が不自然な気がする。

耐久性や伸縮性が、普通のものと大きく違うのだ。

色も赤、水色、紫と下着にしてはやけにカラフルである。

ロゼが死んでいた百年間に発明されたものだろうか。

そう考えたら自分が知らなくても納得ができるが……やはり聞いてみないと分からない。

「……リヒトさんに聞いた方がいいかも。人間界の物だし」

まあいいか――と。

一旦《いったん》ロゼは考えることをやめる。

そして。

死体をササッと片付けると、ロゼはこれが何なのか聞くためにリヒトの元へ向かうのだった。

＊＊＊

「リヒトさーん」

「ん？」

リヒトがアリアとこれからの休暇について話し合いをしている時。

そこに、見慣れない荷物を持ったロゼが駆け足で近付いてきた。

緊急の用事というわけではなさそうだが、それなりに急いでいるようにも思える。

結局……話を聞いてみないと分からない。

「どうしたのじゃ、ロゼ」

「何かあったのか？」

「えっと、さっき人間が入り口付近に迷い込んできたんですけど、気になるものを持っていたんです」

「気になるもの？」

そう言ってロゼが取り出したのは、先ほど見つけた下着のような物。

普通にそういうタイプの下着と言われればそれまでなのだが、生地や形など気になる点が多い

ため、聞かずにはいられなかった。

アリアはビヨンビヨンとそれを伸ばし、リヒトは少し赤面しながらそれを確認する。

「これ、水着だよ」

「みずぎ……ですか？」

「うん。海や川で遊ぶ時に着るやつ」

水着。

それは、ロゼの知識の中にはない服だ。

リヒトの反応を見ると、水着というのは人間界ではごくありふれたものらしい。

逆に、ヴァンパイアであるロゼは、見たことも聞いたこともない代物だった。

海や川で遊ぶ時に着る服だとリヒトは言うが、そもそもヴァンパイアはそのような場所に近付くことはない。

従って、ロゼが両親から教えられることもなかった。

そんな初めて見る水着に、ロゼも興味津々《きょうみしんしん》である。

「驚きました……海って死体を捨てるだけの場所じゃなかったんですね」

「物騒なことを言うな」

「遊ぶっていうのは、魚を捕ったりするっていうことでしょうか？」

「ちょっと違う……かな」

水着を知らないロゼは、リヒトの中の常識と少しズレた考えを述べる。

リヒトはそれを上手く訂正してあげたかったが……どう伝えたら良いのか分からなかった。

どうやらロゼの中では、死体や面倒なものを捨てるために海が存在しているらしい。

それ自体も完璧《かんぺき》に間違いというわけではないのだが、ヴァンパイアに人間の認識を伝えるのは困難だ。

リヒトは早々に諦めて話を戻す。

「でも、何でこんなものを？」

「人間たちの荷物の中にあったんです。これから水に入る予定だったのかもしれませんね」

「……で、ここに迷い込んだってことか」

世界で一番不幸とも言える人間たちに同情の気持ちを覚えるリヒト。

新人の冒険者だろうか。

よりによって迷い込んでしまったのがディストピアだ。

これなら、樹海にでも迷い込んでいた方が生存確率は高かったであろう。

その後、海で遊ぶこともできたかもしれない。

――と、今さら言っても仕方がないため、リヒトはその水着をロゼに返した。

「ん、アリア？　どうしたんだ？」

「いや、海というのも面白そうじゃと思ってな」

「……珍しいな」

アリアの口から出てきた予想外の言葉。

隣にいるロゼと同様に、アリアも海に興味を持っていたようだ。

紫色の水着を指に引っかけてクルクルと振り回している。

確かに魔王として生活していれば、海で遊ぶ機会も少なかっただろう。

よく見ると、アリアも初めて見たであろう水着に興味津々だった。

「海かー。ディストピアの周りにもあるし、丁度いいんじゃないか」

「リヒトさん……いくら何でもそれはヒドイです」

「へ？」

「あの荒れた海で儂《わし》らに泳げと言うのか？　もっと綺麗《きれい》な海じゃ」

アリアとロゼの呆れたような目。

流石《さすが》の魔王とヴァンパイアでも、荒れた波立つ海では泳ぎたくないらしい。

リヒトも子どもの頃《ころ》から川でしか泳いだ経験がなかったのもあるが、そんなことを知らない二人にとっては信じられない一言だった。

「あー……ごめんごめん。綺麗な海に行くなら遠出することになるだろうし、ディストピアのことは俺に任せといてくれ。ロゼの仕事も俺が担当するよ」

「……リヒトさん、何でそんな意地悪するんですか……？」

「え!?　俺変なこと言ったのか？」

「リヒトは女心を勉強するべきじゃな。何も言わずに付いてくればいいのじゃ」

シュンと気を落とすロゼに、説教のような姿勢のアリア。

どうして二人がこのような反応をしているのか分からないが、もう何も言わない方が良さそうだ。

女心というのは難しい。

「あれ。でも、私と魔王様を合わせても一着だけ水着が余っちゃいますね」

「それなら誰《だれ》かもう一人誘えば良い」

「い、いいんですか、魔王様？」

「ロゼのおかげで仕事は大体片付いておるからな。別にもう一人抜けても問題ないのじゃ」

アリアの優しさに感銘を受けるロゼ。

最近の仕事は忙しかったため、もう一人誘うことなどできるはずがないと心の中で諦めていた。

しかし、そんなロゼの心を察したのか、アリアは簡単にオーケーを出してくれた。

日頃仕事を一生懸命頑張ってきてよかったと思える瞬間だ。

「リヒト、準備しておくのじゃぞ」

「わ、分かった……」

ビシッとリヒトは指をさされ、渋々勢いのままに承諾する。

結局最後まで自分が必要とされる理由は分からないままだ。

答えを聞いてみても怒られる未来しか見えないため、もう何も言うことはない。

こうして、半ば強引に同行させられることになったのだった。

＊＊＊

「ロゼ、誘ってくれてありがとうなの」

「いいんですよ、フェイリス。他《ほか》のみんなは遠慮してるみたいでしたし」

「リヒトさんも付いてきてくれてありがとうなの」

「やっぱり俺《おれ》も付いてきた方が良かったのか？」

「？　もちろんなの」

当日。

ディストピアの入り口前に、海に行くためのメンバーが集まった。

最終的に海に行くことになったのは、フェイリスを加えた四人だ。

自分が付いていく意味はあったのか——と、一応フェイリスに聞いてみるも、不思議そうに肯定されて終わる。

……どうやってもこの考え方の差は埋まりそうにない。

「ロゼ、他のみんなは行きたいって言ってなかったのか？」

「えっと、イリスとティセは海で濡《ぬ》れるのがそこまで好きじゃないみたいです。ドロシーさんは、最近太ったから見られたくないとおっしゃっていました」

「そうか。それなら丁度良かったな」

「あやつららしいのじゃ」

どうやら、彼女たちには彼女たちなりの理由があるらしい。

イリスとティセは——アリアの言うように彼女たちらしいと言える。

ドロシーはあまりそんなことを気にするイメージはなかったが、意外にしっかりと気にしていたようだ。

これは彼女のためにも知らなかった方が良かったのかも、と。

リヒトはそんな申し訳ない気持ちにもなる。

「珍しい機会なのに。みんなもったいないなぁの」

「フェイリスも初めてなんですか？」

「うん。泳ぐのは初めて」

「一緒ですね！　とても楽しみです！」

これからするであろう初めての体験に、キラキラと目を輝かせる二人。

アリアはそれを満足そうに眺めていた。

まるで子を見る親のような目だ。

アリアは彼女たちと長く暮らしているため、下僕というよりはそういう認識になっているのかもしれない。

「それにしても、泳ぐ用の服だなんて人間も面白いことを考えるんですね」

「うん。人間は面白いなの」

「もっと性能のいい戦闘用の服を先に発明するべきだと思いますけど」

「あはは」

「あまり言ってやるな。ほら行くぞ」

ロゼの少しブラックなジョークが出たところで、アリアは海に向かうために大狼《たいろう》を呼ぶ。

この大狼はかつてロゼが眷属化したものだ。

フェイリスやリヒトのように、長距離の移動が難しい存在のためにロゼが飼育している。

その大狼の迫力に、リヒトはまだ慣れることはない。

鋭い目に睨《にら》まれるだけでも腰が抜けそうになり、聞こえてくる呼吸の音は本能的に恐怖を覚えてしまう。

いつも背中に乗る時に一瞬だけ躊躇《ちゅうちょ》してしまう自分がいた。

「そういえば、どこの海にするかはもう決めてるなの？」

「もちろんです。ここら一帯のありとあらゆる海を調べました」

「凄《すご》い気合だな……」

ロゼがフェイリスに渡したのは、いかにも手作りのオリジナルマップ。

そこにはロゼの言う通り、海のある場所に分かりやすく印がある。

コウモリにでも確認させたのだろうか。

これだけでロゼがどれだけ楽しみにしていたのかが分かった。

「じゃあ行きましょう。意外と遠くないですよ」

「そうなのか？」

「はい。一時間もかかりません」

「意外だな。近くにそんな海があったなんて」


「ということで、私たちは先に待ってますね」

ロゼはそう言うと。

背中から大きな翼を生やし、アリアと共に空へ飛び立っていく。

いつ見ても恐ろしいスピードだ。

ロゼは一時間と言っていたが、あのスピードだと十分ほどで到着するであろう。

自分たちが待たせることは必至であるため、なるべく早く到着するようにしなくてはいけない。

そこで。

「リヒトさん。私たちも出発なの。ごー」

「ちょ――」

フェイリスが合図すると、二人を背中に乗せた大狼は勢いよく走り始めた。

それは、久しぶりに走り回れることを嬉《うれ》しく感じているような。

リヒトはしがみついて落ちないようにするだけで精一杯である。

フェイリスが上手く操ってくれているため何とかなっているが、リヒト一人だとこの元気溢《あふ》れる狼を操ることは不可能だろう。

「リヒトさん、大丈夫なの？」

「ああ……よくそんなに操れるな」

「こういうのは動物との信頼関係が大事なの」

「……肝に銘じるよ」

きっとリヒトには一生築けない信頼関係の説明をされたところで。

リヒトは落っこちないようにしがみつく力を少し強める。

海に到着するまで一時間ほど。

このスピード感に何とか耐え続けるリヒトだった。

「海！　きれいなの！」

そして、ピッタリ一時間後。

フェイリスは高速で走る大狼の上で指をさす。

ガクンガクンと揺れる背中で、どうしてそこまでバランスを保っていられるのか。

リヒトはぜひそのコツについて聞きたかったが、それは海に着いてからになりそうだ。

それに、今フェイリスはテンションが上がっている最中であるため、邪魔してしまうのも気が引ける。

「うわっ⁉」

最後に大狼が大きくジャンプして障害物を飛び越えたところで、二人は無事に砂浜へと到着した。

リヒトは着地の際にとうとう吹き飛ばされそうになったが、何とか最後の力を振り絞って背中にしがみつく。

一時間この移動方法に耐え切った自分を褒めてあげたい。

そう思っていたら、砂浜に足をつけた瞬間フェイリスがお疲れ様と褒めてくれた。

「到着なの。リヒトさん」

「あぁ……」

フラフラとしながらいつもの感覚を取り戻すと、リヒトはフェイリスの指さす先を見る。

そこにあるのは広い海。

フェイリスの言う通り綺麗で、透明度も高い。

ディストピアの周りにある海とは大違いだ。

水中で魔物や肉食魚がウヨウヨしていないだけでも感動してしまう。

これが本当の海なのか。

海が危険――というイメージは、どうやら間違っていたらしい。

ディストピア付近の海に死体を投げ込むと、数十分のうちに全部が食われてなくなるが、それが異常なのだと今さらになって判明した。

「リヒトさん、遅いですよー」

「待たせすぎじゃ」

「……お前らが早すぎるんだ」

リヒトたちより一足先に到着していたアリアとロゼは、それぞれの水着を持ってフェイリスを待っていた。

一体どれくらい前に到着していたのだろうか。

二人は出発した瞬間に見失ってしまったため、その真実は本人に聞かないと分からない。

「ひとまず到着ですね……それで、着替えたいんですけどどうしましょう」

「うむ……」

「あ。この狼を使えばいいいなの」

「おお、丁度いい体の大きさじゃな」

キョロキョロと場所を探していた三人だが、大狼の大きな体を見つけて納得したように隠れた。

別にリヒト自身が離れたところに行けば良いだけの話だったのだが、その必要ももうなくなってしまう。

大狼はロゼに眷属化されているため、急に動いてハプニングになる心配もない。

チラチラと飼い主の様子を確認していたが、それは三人とも気にしていないようだ。

「魔王様、これってどうやって着るなの？」

「む？　んー……ロゼ、出番じゃ」

「これは多分こうして——」

三人の和気あいあいとした話を耳にしながら、リヒトは海の波を見つめる。

水着を持った冒険者の中に男はいなかったため、リヒトの分の水着はない。

考えれば考えるほど自分が誘われた理由が分からないが、きっと納得できるような理由があるのだろう。

実際に海に来たら分かるかなと思っていたが、現状そんなことはなさそうだ。

三人が着替え終わるまでの十分間。

リヒトは大狼の視線を感じながら待ち続ける。

「お待たせしました！」

「軽い服じゃな。防御力のかけらもないぞ」

「泳ぐ服が重かったら大変なの」

三人はそれぞれの水着を身にまとって大狼の陰から出てきた。

ロゼが赤色、アリアが紫色、フェイリスが水色の水着だ。

アリアとフェイリスは少し水着が大きかったようで、ロゼによってきつく後ろで結ばれている。

いつも鎧《よろい》のような服を着ているアリアが、ここまで肌を露出する服を着るのは珍しい。

実際に防御力がゼロに等しいことを気にして、何やら落ち着かない様子だ。

こういう機会でないと、絶対にこのようなアリアは見られないだろう。

「これ、凄く気に入ったなの。動きやすい」

逆にフェイリスは、アリアと真逆の感想を述べる。

特に恥ずかしがってる様子はなく、普段から自室で着てみようかなと検討しているほどだ。

まだ控えめな体をしている二人だが、それは普通の人間なら目を離せなくなるほどに綺麗なものだった。

「魔王様もフェイリスも、凄く似合っていると思います！」

それに対してロゼは、まるで水着が元々自分の物であったかのように着こなしていた。

普段のロゼは、日光に体が直接当たらないよう露出の少ない服を着ている。

ロゼの肌を目にするのはリヒトにとって初めてだ。

ヴァンパイアというだけあって、その肌は血が通っていないと言われても信じられるほどに白い。

それだけでなく、あれほど強大な力を持っているというのに、その体は華奢《きゃしゃ》と言っても過言ではないくらいに細かった。

一体どこにあれほどの力が眠っているというのか。

アリアについてもそうだが、魔族の力の源はいつも謎《なぞ》に満ちていた。

ロゼを見ていると、ついつい水着よりもそちらの方に意識が向いてしまう。

「あ！　リヒトさん！　もしかして私の水着を見てくれてますか？　似合ってますか⁉」

「いやいやいや、水着なんて見てないから安心してくれ。ロゼは細いのに強いなぁって考えてただけだよ」

「……えー」

「え？」

リヒトが気を利かせて水着を見ていないと伝えると、ロゼはあからさまに残念そうな顔をする。

リヒトの中では最善の選択をしたつもりだ。

ここでわざわざ水着を見たなんて伝える意味が分からない。

それに、ロゼの強さをしっかりと褒めたはずである。

喜んでくれるだろうと予想していたが、現実は見事にその逆だった。

チラリとフェイリスやアリアを見ると、二人ともやれやれという表情を浮かべている。

今分かっているのは自分が失敗したということだけ。

もう何も喋《しゃべ》らない方がいいのかもしれない。

「クク。残念じゃったな、ロゼ」

「……大丈夫です、魔王様――そ、それより、暗くなる前に海を満喫しちゃいましょう」

「気を取り直して行くなの」

まずはフェイリスが裸足《はだし》で海に駆けていく。

それに続くようにしてロゼ、さらにそれを追うようにしてアリアはゆっくりと歩いた。

リヒトは……彼女たちを追うしかない。

水着は持っていなくとも、膝《ひざ》までなら海に入ることもできる。

きっとリヒトだけ外で見ているとなったら、ロゼとフェイリスに無理やり引っ張られるはずだ。

「い、意外と冷たいんですね……」

「すぐ慣れるのじゃ。ほれ」

「――きゃ!?」

アリアは隙だらけのロゼの背中に、すくった海の水を容赦なくかける。

背中を警戒していなかったロゼは、まるで氷を押し付けられたかのような反応を見せた。

「ま、魔王様、やめるなのっ……!」

それは、フェイリスも同じような反応だ。

アリアの悪ふざけがくることは分かっていたため、ロゼほど大きなリアクションではないが、それでも普段のフェイリスとは違った一面が見える。

それからは、ノーガード戦法と言ってもいい水のかけ合いが始まった。

水を避けることも防ぐこともせず、誰が一番多く水をかけられるか。

今のところは身体能力が一番高いアリア、次点で眷属を上手く使っているロゼが有利と言える。

残念ながら、身体能力も低く応用できないスキルのフェイリスは不利と言わざるを得ない。

このままだと負けてしまう(勝ち負けの概念があるのかは不明)のは火を見るよりも明らかだ。

「リ、リヒトさん、助けてなの」

「へ?」

そこで。

楽しそうだなぁ――と蚊帳《かや》の外だったリヒトに、突然助太刀《すけだち》が求められる。

それも最悪と言えるタイミング。

丁度戦い（？）が熱くなってきた頃合いであり、アリアは右手で、ロゼは左手で海に深く手を突っ込んでいた。

もう今さら何を言っても間に合わない。

リヒトは身構え――予想通り巨大な波がやって来る。

まるで隕石《いんせき》でも落ちてきたかのようだ。

「ちょ!?」

「リヒトさん、耐えてなの」

「むり――」

リヒトの抵抗虚《むな》しく。

巨大な波はリヒトとフェイリスの体を頭から丸ごと飲み込む。

窒息するわけでもなく、溺《おぼ》れるわけでもないが、全身がビショビショに濡れてしまった。

水着であるフェイリスはむしろ気持ちよさそうにしているが、いつもと同じ服であるリヒトとしてはできるだけ避けたかった事態だ。

どうせ濡れるだろうとは覚悟していたが、まさかここまで豪快に濡らされるとは。

フェイリスは最初から狙《ねら》っていたかのように笑う。

「リヒトさん、大丈夫？」

「……大丈夫じゃない」

「リヒトさん！　平気ですか！」

「手加減し損ねたのじゃ」

少し冷静になったのか、アリアとロゼは戦い（？）を一時中断してリヒトの元に駆け寄る。

そして、ロゼはコウモリをタオルに変身させてリヒトに手渡した。

フェイリスと違って、ロゼは少しだけ反省しているようだ。

そもそもロゼがここまではしゃぐのも珍しい。

それほどこの海が魅力的だったのだろう。

リヒトは気にするなと返しておいた。

「す、すみません。遊びすぎました……」

「いいよ、遊びに来たんだから」

「死んでもギリギリセーフじゃからな」

「余裕でアウトだ」

アリアの間違ったラインを訂正したところで。

リヒトは濡れた髪にタオルを被《かぶ》せる。

当然怒りという感情が湧くことはない。

ロゼが楽しめたならリヒトは十分に満足だ。

「服を乾かした方がいいかもしれま――あれ？　何か変な音がしませんか？」

「音？」

「はい。何か、こう……泳ぐような？」

「？」

「アリア、聞こえるか？」

「聞こえるのじゃ。騒ぎすぎたようじゃな」

む……と。

リヒトとフェイリスにも緊張が走る。

アリアの口から出た発言は、信用したくなくても信用するしかない。

騒ぎすぎた――というのは、さっきの遊びのこと。

あれほど大きな衝撃で遊んだら、この海に住む者は絶対に気付くはずだ。

それが何者かを呼び寄せる原因になったのであろう。

ロゼの話では泳いで近付いているらしく、リヒトは沖の方に目を向けた。

「海に住んでる魔物って……どんなのがいたっけ？」

「さあな。実際に見てみる方が早いのじゃ」

「そうですね。さっさと追い返してまたみんなで遊びましょう」

一気にロゼとアリアの目が戦いの時のものに変わる。

それは、自分たちの時間を邪魔されて少し不機嫌になっているようにも感じられた。

野生の魔物程度では、この二人に勝てるわけがない。

どうやら、リヒトとフェイリスの出番はなさそうだ。

むしろ、出しゃばると二人の邪魔にしかならず、いない方がマシとさえ言える。

リヒトとフェイリスは、二人が自由に動けるよう距離を離した。

「運が悪いなの」

「俺たちが？」

「ううん。ここに来る魔物が」

その通りだな――と。

フェイリスの言葉にリヒトは心から同意する。

野生の魔物は、縄張りというものを最《もっと》も重要視している。

それは、自分の命よりも大切なのではないかと思えるほど。

人間であるリヒトにはその気持ちがなかなか理解できないが、縄張りのことを人間で言う最愛の人に置き換えることで無理やり納得しておいた。

今考えれば、アリアがディストピアに居続けるのもそのような感覚なのだろうか。

そんなことを考えているうちに、魔物が自分たちの元に到着する。

「マーマン……でしょうか」

「恐らくそうじゃな。原種ではなさそうじゃが」

魔物の正体はマーマン。

海に生息するそこまで珍しくもない魔物だ。

深い水中でなら厳しい戦いになりそうだが、今回は自ら浅瀬に出向いてくれたため、難易度はグッと下がっていた。

ここならリヒトだけでも勝利することができるだろう。

アリアとロゼなら言うまでもない。

アリアいわく、原種とは少し違っているようだが、強さ的には恐らく誤差程度のものだ。

「全部で六体ですね。魔王様、どうしますか？」

「儂が右の三体で、ロゼは左の三体じゃ」

「かしこまりました」

自分が担当する三体を決めると、二人は迷いなく堂々と歩き始めた。

それは戦いではなく作業のような。

先ほどまでの遊びの方が、緊張感があったとさえ思える。

「――眷属たち」

ロゼが使ったのは自分の眷属であるコウモリ。

コウモリがマーマンの首に噛み付くと、一瞬で体が二倍に膨らむほどの血を吸い取る。

マーマンも抵抗しなかったわけではないが、コウモリの素早い動きと、的確な死角攻撃によって為《な》す術《すべ》なく倒れた。

それも三体同時に。

見事な統率能力である。

「こっちも終わりじゃ」

それと同じタイミングで、アリアもパンパンと手を叩《たた》いて戦いの終わりを告げる。

リヒトの目には、アリアも三体同時にマーマンを倒したように見えた。

ロゼのように三体のコウモリを使って同時に倒したというわけではない。

アリア一人のみの力で、三体を同時に倒したのだ。

リヒトはアリアの方も気にかけていたはずだが、どこかのタイミングで見逃してしまった。

いや、目で追いきれなかった。

こうして、一瞬で魔物たちは返り討ちに遭う。

二人ともいつもと違う服での戦いだったが、実力を遺憾《いかん》なく発揮することができたようだ。

「簡単でしたね。もう大丈夫ですよ、リヒトさん！」

「流石だよ」

「えへへー」

リヒトの称賛を受けて、ロゼは子どものように照れた表情を見せる。

褒められるのが久しぶりだからなのか。

いつもより少しだけ嬉しそうだ。

「でも、マーマンってもっと大きな群れで生きる魔物じゃなかったか？　六体って少なすぎる気もするけど」

「あー……そう考えればそうじゃな」

「まだできたばかりの群れではないでしょうか？」

「そんな群れが自分から敵のところに向かうのは考えにくいけど……」

「少し変じゃな」

「あ――魔王様、マーマンの死体がおかしいなの」

みんなが不審に思い出した頃、フェイリスが一つの変化に気付く。

マーマンの死体から、血ではない青色の液体が溢れているのだ。

透明度の高い綺麗な海が、どんどんと濁っていく。

それは、アリアやロゼの力を持ってしても止められるものではない。

気が付いた頃には、もう取り返しがつかない状態になっていた。

「魔王様！　何かが大量に来てます！」

「うむ……分かっておる」

「アリア、大丈夫なのか？」

「ぶっちゃけ、これはマズそうじゃな」

アリアが面倒臭そうにため息をつくと。

ようやくリヒトにも大量に迫ってきている何かが見えてきた。

それは――本来の群れであろう大量のマーマン。

千体を超えるそれは、先ほどまで綺麗だった水平線を埋め尽くしている。

「ロゼ、どうしたい？」

「もうちょっと遊びたかったです……」

「でも、海がもう汚くなっちゃったなの」

「それに、これだけのマーマンと戦うのも厳しいぞ」

「それこそ、海は壊滅的に汚くなるじゃろうな」

「……諦めましょう」

ロゼは振り絞ってその答えを出すと、木陰に移動させていた大狼を呼び出す。

流石のロゼも、ここは引かざるを得ないと考えたようだ。

千体のマーマンを倒すことだけなら、少し面倒だが達成できる。

問題なのは、マーマンを倒すとせっかくの海が汚れてしまうということ。

マーマンを倒すと遊ぶことができないし、マーマンを無視しても遊ぶことはできない。

つまり、今日は諦めるしかない。

「帰りましょう……リヒトさん」

「あ、あぁ……」

「残念なの」

「こればっかりは仕方がないのじゃ」

「……はぁ」

最後にロゼのため息一つ。

その顔には海に対しての未練が隠すことなく現れていた。

ついさっきまでの笑顔が懐かしい。

リヒトに対して水着をアピールできたかといえば、それも素直にうんとは頷《うなず》けないままだ。

「その、ロゼ。今回はトラブルがあったけど、次はもっと準備して行こうな」

「え!?　また一緒に来てくれるんですか!?」

「うん。魔物がいない海を調べとくよ」

「あ、ありがとうございます……！」

たった数秒で、心の底からの笑顔に変わるロゼ。

海に対しての未練も、何事もなかったかのように消え失《う》せる。

それほどまでにリヒトの言葉は大きなものだったようだ。

張本人であるリヒトは、どうしてロゼがここまで喜んでいるのかイマイチ分からない。

ただ、ロゼが喜ぶこと自体はリヒトにとっても嬉しいことであるため、特に気にすることもなくリヒトも笑顔になった。

「次はドロシーも誘ってやるべきかの」

「そうだな。こういうことは嫌いじゃなさそうだし」

「今回断る時も、苦渋の決断って感じでした」

「そこまでなのか……」

ドロシーの意外な熱意を知ったところで、リヒトとフェイリスは大狼の上に乗る。

実際に遊んだ時間は少しだけであったが、疲れは普段の仕事の後より残っている気もする。

フェイリスもどこか静かになっていた。

「それじゃあ、またディストピアで合流しましょう！」

「分かったなの」

「ではまた！」

そう言うと、ロゼとアリアはマーマンが砂浜に到着する前に飛び立つ。

大狼も、リヒトとフェイリスを落とさないようにゆっくりと加速し始めた。

マーマンは陸地に上がることもできるが、足は一般人でも逃げ切れるほどに遅い。

自分たちには絶対追いつけないだろう。

フェイリスがしっかりと大狼に指示してくれているため、そちらの方も安心だ。

「フェイリス、楽しかったか？」

「うん。みんながいたから」

「そうか。なら良かったよ」

「リヒトさんは楽しかったなの？」

「もちろん。みんながいたからな」

二人は同じ気持ちで同じように笑う。

きっと、アリアとロゼも同じ気持ちのはずだ。

この気持ちになれただけで、今日は来てよかったとさえ思える――。

そこで。

リヒトはあっと何かに気付いたような反応を見せた。

「――やっと分かったよ、フェイリス。俺が連れてこられたのは、一人でも多くの仲間と楽しいことを共有したかったからだな？」

「……まぁ、間違いではないの」

リヒトの自信満々な答えに、困ったような顔をするフェイリスだった。

あとがき

作者のはにゅうです。

この度は、『死者蘇生』二巻のお買い上げありがとうございます。

一巻と比べて、二巻はかなり改稿をしてお届けいたしました。

私の夏休みは犠牲になりましたが、そのおかげでとても良いものを世に出せたと思います。

さて、今回もｓｈｒｉさんには素晴らしいイラストを付けていただきました。

表紙では、新キャラのミズキに目を惹かれた人が多いのではないでしょうか。

初登場のミズキですが、リヒトたちに凄く馴染んでますね。

表紙のシーンにはいなかったはずのフェイリスが、当たり前のようにいるのも面白いです。

そんなフェイリスが活躍する、『死者蘇生』コミカライズ版もぜひぜひよろしくお願いします。

と、宣伝も終わったところで。

お世話になった方々に、この場をお借りして感謝を伝えさせていただこうと思います。

ご迷惑をおかけした担当編集さん。素晴らしいイラストを付けてくれたｓｈｒｉさん。

そして何より、この作品を読んでくださった皆様。

本当にありがとうございました。

これからの作品共々、応援していただけると嬉しいです。

また皆様と出会えることを願って。

龍鎖のオリ

—心の中の“こころ”—

著：cadet　　イラスト：sime

精霊が棲まう世界で、剣や魔法、気術を競い合うソルミナティ学園。ノゾムは実力主義のこの学園で、「能力抑圧」——力がまったく向上しないアビリティを授かってしまった。それでもノゾムは、血の滲む努力を続け、体を苛め抜いてきた。そんなある日、ノゾムは深い森の中で巨大な龍に遭遇する。その時、自身に巻き付いた鎖が可視化され、それをめいっぱい引きちぎったとき、今まで鬱積していた力のすべてが解放されて……!?

アレクサンダー英雄戦記

～最強の土魔術士～

著：なんじゃもんじゃ　　イラスト：シソ

ソウテイ王国の勇敢な騎士である父と『破壊の女帝』の異名を持つ元傭兵の母の間に生まれたデーゼマン家の長男アレクサンダー。10歳の誕生日に神から土魔術のスキルを授けられた彼は、家族を助けるため建築商会に就職する。武勲を重ね、領地の防衛や開発の任を拝命する父とともに、強力なスキルを持つ家族たちも戦いに巻き込まれていくが、成長したアレクサンダーは、勝利に導く一族の象徴、英雄として王国にその名を轟かせていくことに――！

裏切られた盗賊、怪盗魔王になって世界を掌握する

著：マライヤ・ムー　今井三太郎　　イラスト：武田ほたる

家族が囚われ、魔王討伐パーティに入れられた盗賊キース。彼の活躍もあり魔王を無事に倒したのだが、キースを快く思わない人間たちに裏切られて殺されかけてしまう。命からがら逃げのびたキースは、気がつけば禍々しい角が生え、大きなマントを携えていて……。そして、全てを盗む破壊と暴力の化身怪盗魔王に変身していた!!　前魔王の配下とエルフ族、ドワーフ、オークなどの魔物を従え、裏切った人間どもに鉄槌を下す！

ダンジョン島で
宿屋をやろう!
創造魔法を
貰った俺の
細腕繁盛記
長野文三郎 ill.てんまそ
BUNZABUROH NAGANO
一迅社ノベルス

チートスキル『死者蘇生《ししゃそせい》』が覚醒《かくせい》して、いにしえの魔王軍《まおうぐん》を復活《ふっかつ》させてしまいました 2 ～誰《だれ》も死《し》なせない最強《さいきょう》ヒーラー～

初出……「チートスキル『死者蘇生』が覚醒して、いにしえの魔王軍を復活させてしまいました
～誰も死なせない最強ヒーラー～」
小説投稿サイト「小説家になろう」で掲載

2021年2月5日　初版発行

著者――――はにゅう

イラスト――shri《シュリ》

発行者―――野内雅宏

発行所―――株式会社一迅社
〒160-0022　東京都新宿区新宿3-1-13
京王新宿追分ビル5F
電話　03-5312-7432（編集）
電話　03-5312-6150（販売）
発売元：株式会社講談社（講談社・一迅社）

印刷・製本――大日本印刷株式会社
DTP――――株式会社三協美術
装丁――――bicamo designs

ISBN978-4-7580-9336-1

おたよりの宛先
〒160-0022　東京都新宿区新宿3-1-13　京王新宿追分ビル5F
株式会社一迅社　ノベル編集部
はにゅう先生・shri先生

「――っ！　リヒト！！
やっぱり狙いはベルンさんだ！
気を付けて！！」

「貴女は間違っているのです！」
聖女　ラエル
「さて、報いは受けてもらうぞ」